KB133161

쌍둥이 언니가
신녀로 거둬지고,
나는 버림받았지만
아마도 내가 신녀다.
2

거대한 정령수가
작은 묘목이 됐다고?
손안에 있는 이 묘목이
정령수의
서림나무라는
걸까.

쌍둥이 언니가 신녀로 거둬지고, 나는 버림받았지만 아마도 내가 신녀다. 2

이케나카 오리나
일러스트 컷

목차

신녀란 때때로 세계에 나타나, 신에게 사랑받는 자를 가리킨다.

그자는 신에게 사랑받고 세계의 축복을 받는다.

사람들은 신에게 사랑받는 신녀를 추구한다.

신녀는 특별한 힘이 있다고 한다.

그러나 신녀는 전능하지 않다.

신녀는 그저 신에게 사랑받을 뿐임을 사람들은 모른다.

신녀는 특별하다. 그렇기에 신녀는 운명에 농락당한다.

1 소녀와 행복한 생활

“레룬다, 안녕.”

“가이아스…… 안녕…….”

나, 레룬다의 생일이 기쁘고 즐거운 날로 바뀌고 한 달이 지났다.

나도 이제 여덟 살이 되었다.

부모님에게 버려졌을 때는 이렇게 행복한 나날이 기다리고 있을 줄 상상도 못 했다. 앞으로 어떻게 될까 불안이 가득했었다. 하지만 지금은 아주 행복하다.

모두가 곁에 있어 줬다. 그것만으로도 마음이 따뜻했고 미래의 희망을 느낄 수 있었다.

“레룬다, 왜 그렇게 멍하니 있어?”

“……아무것도, 아니야. 오늘은, 뭐 해?”

가이아스가 내 손을 잡아끌었다. 나는 가이아스보다 어리고 가이아스보다 걸음이 느렸다. 원래 수인과 인간은 신체 능력이 차이 나기도 하지만. 신체 강화 마법을 쓰면 수인들과의 차이는 없어진다. 하지만 나는 일상생활 중에 항상 신체 강화 마법을 쓸 수 있을 만큼 마법을 잘 다루진 못했다.

"오늘은 잼을 만들 거야! 레룬다도 같이 안 할래?"
"잼?"
"숲에서 얻은 과일로 가끔 만들어."
"그렇, 구나."
숲속에는 과일이나 나무 열매 같은 먹을 것이 많았다. 숲에 열리는 과일은 전부 맛있다.
개중에는 독이 되는 것도 있지만, 나는 막연하게 구분할 수 있어서 다행히 독을 먹은 적은 없었다. 수인들도 숲속에서 오래 살아서 그런지 먹을 수 있는 것과 먹을 수 없는 것을 잘 알았다.
나는 직감으로 못 먹는다고 판단하지만, 수인들은 확실하게 쌓은 지식으로 못 먹는다고 판단했다. 그렇게 생각하면 수인들이 나보다 대단했다.
수인 마을에서 생활하며 나도 조금씩 숲에서 살기 위한 지식을 익히고 있지만 아직 모두에게는 미치지 못했다.
언젠가 더 많은 지식을 손에 넣어서 여러 가지를 할 줄 알게 되면 나를 행복하게 만들어 주는 아토스 씨나 가이아스에게 은혜를 갚을 수 있을까. 내가 행복한 만큼 행복을 돌려줄 수 있을까.
생일을 축하받고 난 뒤로 나는 줄곧 생각하고 있었다.
이곳 생활이 너무나도 즐겁고 기뻐서—— 마음이 벅차서, 이렇게 행복해도 되는 건지. 이토록 하루하루가 즐겁고 미래에 대한 희망이 넘치는 것이 불안한 걸지도 모른다. 지금까지 이렇게 마음이 따뜻한 나날을 보낸 적이 없었으니까.

"그래서 잼을 어떻게 만드냐면—— 레룬다?"

"……아무것도, 아니야."

자꾸 멍해지는 것은 꿈처럼 행복하니까.

이곳 생활이 꿈만 같아서. 정말로 현실일까 하는 생각이 들 만큼 황홀했다. 이 마을에서 모두와 함께 지내는 것이 정말로 좋아서 쭉 이렇게 살고 싶다고 진심으로 생각했다.

잼 만드는 곳에 도착하니, 일어났을 때 보이지 않았던 그리폰 남매 레마와 루마가 신난 모습으로 그곳에 있었다. 어젯밤 나와 함께 침대에서 잠들었을 텐데 먼저 일어나 이런 곳에 있었구나 하고 조금 놀랐다. 엄마인 레이마가 "그르르륵(위험해)." 하고 새끼들을 냄비에서 떼어 놓았다.

레마와 루마는 "그르르르르르륵(맛있는 냄새)." 하고 냄비를 힐끔힐끔 보았다. 그러다 나와 가이아스가 온 것을 알아차리고 이쪽으로 날아왔다.

"그르르르르르르르륵(안녕, 레룬다)."

"그륵, 그륵!(안녕, 좋은 냄새가 나!)"

소리를 내며 내 주위를 날아다니는 레마와 루마는 아주 귀여웠다. 처음 만났을 때보다 조금 큰 것 같았다. 줄곧 함께 있어서 변화를 알기 어렵지만 커졌다. 나도 조금 키가 큰 것 같다.

"잼…… 완성되는 거, 기대돼."

"그르르륵(응)."

"그륵, 그륵(기대돼!)."
우리는 잼을 만드는 모습을 물끄러미 보았다. 보면서 잼 만드는 법을 배웠다. 얼마나 끓여야 하는지도 보고 배울 수 있었다.
완성된 잼은 마을 사람들과 함께 나눴다.
고양이 수인인 니르시 씨는 잼을 좋아하는지 내가 잼을 가져다주자 고맙다고 했다. 여전히 살짝 퉁명스럽기는 하지만 처음 만났을 때보다 친해져서 기뻤다.
고양이 수인들은 늑대 수인 마을에 완전히 적응했다.

"레룬다, 제가 머리를 묶어 줘도 될까요?"
스카이호스 시포와 함께 느긋하게 있으니 보라색 머리의 여성── 란 씨가 생글생글 웃으며 그런 제안을 했다.
란 씨는 내 생일을 축하해 준 뒤로 한층 더 나를 챙겨 줬다. 원래부터 말을 많이 걸어 주는 사람이었지만 이전과는 비교가 안 될 정도가 되었다.
나는 길게 기른 머리를 지금까지 묶지 않았었다.
고향에서는 그저 자라는 대로 내버려 뒀었다.
생각해 보면 신전에서 신녀로 데려간 언니는 늘 아름다운 금발을 여러 가지 형태로 묶고 있었다. 나는 그걸 보기만 했지, 내 머리를 묶자고 생각한 적은 없었다. 하지만 그런가. 이만큼 길면 여러 가지 머리 모양을 할 수 있다는 걸 깨달았다.
"히히히힝(여러 가지 머리 모양을 한 레룬다를 보고 싶어)."
시포도 그렇게 말해 줬기에 집으로 갔다.

거울 앞에서 란 씨가 열심히 내 머리를 묶어 주려고 했다. 양옆으로 땋으려는 것 같았지만 살짝 형태가 틀어졌다. 그것을 보고 란 씨는 당황해서 말했다.

“미, 미안해요, 레룬다.”

“괜찮아……. 란 씨가, 묶어 줘서, 기쁘니까.”

“레룬다……. 아뇨, 괜찮지 않아요. 아토스 씨를 불러올게요!”

란 씨는 그렇게 말하고서 아토스 씨를 부르러 갔다. 조금 이상해도 란 씨가 열심히 묶어 줬으니까 나는 이대로도 괜찮은데.

결국 아토스 씨가 와서 “뭐 하는 거야.”라며 란 씨를 어이없다는 눈으로 보았다.

“레룬다. 예쁘게 묶어 줄게.”

아토스 씨는 그렇게 말하고 솜씨 좋게 내 머리를 묶었다.

“대단해.”

무심코 중얼거리자 아토스 씨가 입을 열었다.

“그렇진 않아. 란드노가 너무 서툰 거야.”

“……아토스 씨, 제게 머리 묶는 법을 가르쳐 주세요. 레룬다는 모처럼 예쁜 긴 머리를 가지고 있으니 여러 가지로 모양을 바꿔 주고 싶어요!”

“이 정도는 딱히 배우지 않아도 할 수 있다고 생각하는데.”

“……저는 못 해요!”

“어쩔 수 없지. 이쪽을 잡아 줘.”

아토스 씨와 란 씨가 둘이서 사이좋게 이야기해서 나는 왠지 기뻤다. 시포도 내 머리를 보고 잘 어울린다며 웃어 줬다.

◆

"레룬다, 오늘은 트윈테일이네."

"응. 아토스 씨가, 묶어 줬어."

오늘 나는 머리를 양쪽으로 묶었다. 란 씨가 내 머리를 묶고 싶다고 한 뒤로 이렇게 때때로 머리 모양을 바꾸게 되었다.

양쪽으로 묶은 긴 머리가 움직일 때마다 흔들려서 왠지 재미있었다. 가이아스의 꼬리 같았다. 내 머리는 복슬복슬하지 않지만. 그렇게 생각하니 복슬복슬한 털을 만지고 싶어졌다.

가이아스의 꼬리를 빤히 보자 가이아스가 "안 되는 거 알지?"라고 했다.

수인의 꼬리나 귀는 짝만 만질 수 있다고 분명하게 설명을 들었으니까 안 만질 거다. 하지만 역시 복슬복슬한 털에 마음이 끌리고 말았다. 한 번 실컷 만진 적이 있기도 해서 때때로 만지고 싶다는 유혹에 시달렸다. 짝만 만질 수 있다는 건 알지만…… 가끔 보게 되는 것 정도는 어쩔 수 없다.

하지만 안 된다는 건 아니까 포기하고 시포와 그리폰들을 쓰다듬는 데 그치고 있었다.

"응…… 안 만져."

"응. 그래 줘. 아, 맞다. 니르시 씨가 같이 먹을 거 채집하러 가자고 했어. 레룬다는 그런 걸 잘 찾는다면서."

"가고, 싶어."

"그렇게 말할 줄 알았어. 나도 갈 거니까 같이 가자."
"응."
가이아스와 함께 니르시 씨가 기다리는 곳으로 향했다.

"왔나."
"그럼 갈까."
그곳에는 니르시 씨를 포함한 고양이 수인 세 명과 그리폰들 리루하, 스카이호스 시포, 그리고 수인 아이인 리리드가 있었다.
근방에서 과일 등을 모을 뿐이지만 무슨 일이 생기면 안 되니까 리루하와 시포도 함께했다.
이번에는 늑대 남자아이인 리리드도 같이 가는 것 같아서 왠지 기뻤다.
고양이 수인과는 내 생일 이후로 더 친해졌다. 전보다 내게 친절했고 웃어 주기도 했다.
"레룬다, 뭘 멍하니 있어? 두고 간다."
지금도 내가 조금 생각에 빠져 있으니 니르시 씨가 걱정해 줬다.
내가 잠깐 멈춰 서 있으면 다들 기다려 줬다. 그것만으로도 나는 행복했다.
"히히히힝~(레룬다, 이거 먹을 수 있어)."
"그르그륵(단내가 나)."
시포와 리루하가 기뻐하며 나무 열매를 가져왔고.
"이 나무 열매는 맛있어."

"이 식물은 쪄 먹으면——."

고양이 수인들과 리리드도 어떤 것을 먹을 수 있는지 내게 자세히 가르쳐 줬다.

인간인 나에게도 수인 아이들을 대하는 태도로 대해 줬다.

나는 못 먹는 것을 막연하게 피할 수 있지만 지식으로서 자세히 알지는 못했다.

그래서 이렇게 채집하러 나오면 숲에서 살아가는 법을 많이 배울 수 있었다. 지식을 손에 넣는 것은 기쁜 일이다.

나무 열매와 산나물로 바구니가 가득 차서 마을로 돌아갔다.

"잔뜩 모았네. 레룬다, 고마워."

"이만큼 있으면 한동안은 편하겠어."

채집하고 돌아온 우리를 향해 아토스 씨와 오샤시오 씨가 웃어 줬다.

마을에 돌아오고 나서는 수인들과 함께 저녁 만드는 것을 도왔다. 아직 작고 어린 내가 할 수 있는 일은 별로 없었다. 그렇기에 나는 할 수 있는 일은 뭐든 하려고 필사적이었다.

오늘 따 온 나무 열매를 으깨서 산나물과 함께 볶았다. 간단한 요리지만, 모두 함께 만들고 먹기에 나는 이런 요리가 좋았다.

"다 됐다!"

요리가 완성되자 나도 모르게 외쳤다.

"어디 보자."

아토스 씨가 다가와 요리를 맛봤다.

"맛있게 됐네."
그렇게 말하며 내 머리를 쓰다듬어 줬다.

이렇게 모두와 함께 쭉 웃으며 살면 좋겠다. 나는 그렇게 바라 마지않았다.

막간 왕녀의 회상 / 신관의 행동

"가여운 니나 님. 왕녀께서 이런 곳에서 지내셔야 한다니!"

"혼데타, 한탄할 필요 없어. 내가 스스로 결정하고 행동하여 이런 결과가 된 거니까. 앞으로 나는 내가 할 수 있는 일을 이 땅에서 열심히 하면 돼."

내 이름은 니나에프 페어리. 영광스러운 페어리트로프 왕국의 5왕녀다. 올해 열한 살이 되는 나는 왕도가 아니라 변방에 있는 아나로로라는 곳에 머물고 있었다.

1왕녀도 아니고, 2왕녀도 아니고, 5왕녀.

게다가 왕비가 아닌 후궁의 딸. 왕위 계승권이 한없이 낮은 나는 솔직히 말해서 왕도에 있든 변방에 있든 페어리트로프 왕국에 별로 영향을 주지 않았다.

하지만 작년에 어떤 일을 계기로 변방으로 보내졌다.

정말로 인생은 어떻게 굴러갈지 알 수 없다. 하지만 그렇기에 나는 내가 믿는 길을 갈 것이다. 그렇게 정했다. 그리고 앞으로 혼란에 빠질 우리 나라를 위해 이 변방에서 노력하기로 했다.

애초에 내가 왜 왕도가 아닌 이 땅에 와야 했는가 하면, 이야기는 1년 전으로 거슬러 올라간다.

"신녀가 우리 나라에 있다고?"

그 소식은 왕도를, 아니, 전국을 들썩이게 했다.

신녀란 신에게 사랑받는 자를 가리켰다. 신녀는 행복을 가져온다고 해서, 우리 나라는 신녀의 존재를 알자마자 신녀와 그 부모를 대신전에 맞아들였다.

그러나 얼마 후, 예상치 못한 일이 일어났다.

"가뭄이 이어지는 지역이 있습니다. 이대로 가면 작년 같은 수확은 기대할 수 없을 겁니다."

"마물의 습격이 이전보다 늘어났습니다."

"최근 몇 년 동안 왕도에 벼락이 치는 일은 없었는데……."

페어리트로프 왕국에 지금까지 없었던 재앙이 일어나고 있었다. 천진난만한 아이처럼 굴며 정보를 수집해 보니, 대신전도 국왕인 아바마마도, 신녀의 기분을 상하게 한 게 원인이라고 생각하는 것 같았다. 가장 성가신 것은 민중까지 그렇게 생각한다는 점이었다.

이 나라의 대신전이 신녀를 보호했다는 것은 널리 알려져 있었다. 신녀가 이 나라에 존재한다는 것만으로도 민중의 마음은 안정되었다. 신녀는 그만큼 특별한 존재였다.

그런 신녀가 아직 공개되지 않았다. 민중 앞에 공개해도 될 정도의 예의를 갖추지 못했기 때문이다. 신녀의 비위를 건드릴 수는 없지만 이대로는 안 된다. 그런 결론에 이른 위정자들은 쉽게 쓰고 버릴 수 있는 젊은 귀족 영애를 교육 담당으로 뽑았다.

그 교육 담당은 신녀를 제대로 가르치려다가 신녀의 눈 밖에 났다. 나라에 재앙이 일어나고 있기도 해서, 신녀의 기분을 상하게 한 교육 담당은 왕도와 대신전이 있는 아가타에서 추방되었다. 그 후 새로운 교육 담당을 찾고 있는 것 같지만 다들 신벌을 두려워하여 새 교육 담당 선정은 난항 중이었다.

신녀의 이야기를 모으면서 나는 신녀가 양날검 같은 존재라고 생각했다.

신녀는 축복을 내리지만 위험도 내린다.

'신녀를 보호한 나라는 번영을 약속받는다. 그렇게 전해져 내려오긴 하지만 정말일까?' 지금 국내 상황을 보니 그런 생각이 들었다.

나는 5왕녀이긴 해도 엄연히 이 나라의 왕족이다. 그러니 언젠가 시집을 가게 될 테고, 계속 이 나라에 있을지는 알 수 없다. 하지만 나는 페어리트로프 왕국을 좋아하기에 나라가 불행해지는 것은 싫었다.

내가 할 수 있는 일이 없을까. 그렇게 생각하던 때였다.

아버지가 나를 불렀다.

"신녀님── 앨리스 님에게 간언을 올려 다오."

아바마마에게 그렇게 부탁받은 나는 신녀── 앨리스 님을 만나러 갔다.

신녀는 여전했고, 대신전에 있는 자들도 신벌이 무서워서 아무 말도 못 하는 상황이라고 했다. 대신전에는 신앙심이 깊은 자가 많았다. 신녀인 앨리스 님의 의견은 절대적이고 신녀의 행동을 나무라면 안 된다고 진심으로 생각하는 자도 많았다.

그런 자들 앞에서 나는 신녀에게 간언을 올려야 했다. 생각만 해도 몸이 움츠러들었다.

5왕녀는 불편 없이 지내기는 하나 자유롭지는 않았다. 언젠가 어딘가로 시집가서 나라의 도구가 된다. 제 뜻으로 뭔가를 이루어 낼 자유는 없었다.

나는 시녀 한 명만을 데리고 신녀에게 갔다. 애초에 많지도 않던 시녀는 신녀를 타이르러 가게 되면서 한 명만 남았다.

내 말 한 마디로 신녀가 바뀌리라 기대하는 이는 아무도 없었다. 아바마마도 그랬다. 그렇기에 다른 시녀들의 근무처가 바뀐 것이다. 하지만 실패하더라도 누군가가 옆에 있어 주는 것은 든든했다. 지금도 혼자서 나를 수행해 주는 시녀의 이름은 혼데타라고 했다. 아직 젊은 시녀였다.

"니나 님, 힘내세요."

그렇게 응원해 주는 혼데타가 있기에 나는 앞으로 발을 내디딜 수 있었다.

신녀는 대신전의 가장 안쪽 방에 있었다. 평판대로, 정말 평민으로 태어난 게 맞나 싶을 만큼 생김새가 반듯했다. 왕녀라고 해도 의심하지 못할 만큼 아름다웠다.

그 뒤에는 여성 신관들이 시립해 있었다. 오로지 신녀를 모시기 위해 엄선된 신관들은 대부분 신앙심이 깊었다. 그러니 신녀를 지키기 위해서라면 왕녀인 나에게도 망설이지 않고 적의를 드러낼 것이다.

"처음 뵙겠습니다, 신녀님. 저는 페어리트로프 왕국의 5왕녀인 니나에프 페어리입니다."

"그래. 아, 나는 앨리스. 신녀야!"

내가 인사하자 앨리스 님은 그렇게만 대답했다.

아직 일곱 살. 나보다 세 살 어린 아이. 평민으로 살았으니 예의범절을 익히지 못했다 해도 어쩔 수 없다. 문제는 스스로 그걸 배우려 하지 않는다는 것이었다.

"네. 앨리스 님이 신녀인 것은 알고 있습니다. 그런데 신녀님, 묻고 싶은 게 있는데 질문해도 될까요?"

"해도 돼!"

"어째서 모르는 것을 배우려 하지 않으시나요. 신녀님은 앞으로 공식 석상에도 나가실 겁니다. 그렇다면 예의범절과 이 나라의 역사 등은 필히 알아 두셔야 합니다."

그렇게 말하자 신녀 뒤에 있는 신관들의 표정이 날카로워졌다.

"나는 그런 거 싫어!"

"싫다고 안 하시면 안 되죠. 앨리스 님은 신녀로서 이곳에 계시는 거예요. 단순한 평민이라면 필요 없는 일이겠지만 신녀라면 해야만 하는 일입니다. 신녀님, 신녀님께는 힘이 있어요. 신녀님은 특별합니다. 하지만 그렇기에…… 더 배워야 해요."

특별함은 고생을 동반한다.

신녀는 누구보다도 특별한 존재로 귀한 힘을 지녔다. 하지만 그렇기에 알아야 한다. 자신의 행동이 어떤 결과를 가져오는지를.

"왜 그래야 해? 난 하기 싫어."

"배우시지 않으면 큰일이 벌어질지도 몰라요. 예를 들어 신녀님이 배우지 않아서 대신 부모님이 화를 입는다면 싫으시겠죠? 그렇게 되지 않도록——."

"왜?"

"왜냐니……."

"나는 하기 싫은 건 안 해! 그리고 부모님이라고 하는데 나는 신의 아이잖아? 내가 한 일 때문에 어떤 일이 벌어져도 어쩔 수 없는 거라고 다들 그랬어!"

"그렇다면——."

"시끄러워! 나한테 그렇게 말해도 된다고 생각해?! 신벌이 내릴 거야!"

열심히 뜻을 전하려고 했지만 실패했다.

대신전의 신관들은 신녀에게 신녀니까 뭘 하든 상관없다고 말한 걸까. 이 신녀가 자라 온 환경과도 관련이 있을지 모른다. 나고 자란 마을에서 신녀는 어떻게 큰 걸까.

신벌이 내릴 거라니, 누군가가 다칠 것은 조금도 생각 않는 언행이다. 그런 신녀를 보고 이 나라의 앞날을 생각하니 오싹했다.

"아무리 왕녀라지만 신녀님께 그렇게 말해도 된다고 생각하십니까?"

"물러나 주세요."

"신녀님, 신녀님을 귀찮게 하는 존재는 저희가 처리하겠습니다."

"그러니 저희에게 축복을 내려 주세요."

신관들은 그렇게 말하며 나를 돌려보냈다.

"……너무하네요."

"……응."

"니나 님, 대신전은 완전히 썩은 것 같아요."

"응……."

혼데타와 그런 대화를 하고 말았다.

신녀는 생각보다 더 말이 안 통하는 어린애였다. 차라리 대신전에서 빼내 아군이 아무도 없는 곳에 한번 던져 놓든가 해야 성질이 고쳐질 것 같았다. 하지만 신벌이 내릴지도 몰라서 아무도 나서려고 하지 않았다.

"……이제 다 틀렸을지도 몰라."

"뭐가 말인가요?"

"이 나라 말이야. 나는 이 나라를 좋아하지만…… 틀려먹었을지도 몰라. 신녀님의 한마디에 흔들리는 나라가 될 것 같아."

또 신녀를 만날 기회가 있다면 몇 번이고 호소하고 싶다. 납득해 줄 때까지. 하지만 나 때문에 신녀가 화났다는 것은 아바마마에게 보고될 것이다. 그리고 나는 왕도를 떠나야 할지도 모른다. 신녀의 반감을 산 존재는 백성에게 적일 뿐이니까.

그런 예감이 막연히 들어서 슬퍼졌다.

그리고 예상대로 나는 변방으로 쫓겨나게 되었다.

——변방에 온 나는 이 땅에서 할 수 있는 일을 최대한 하기로 했다. 그러기 위해 인맥을 넓히고 있었다. 유일하게 믿을 수 있는 혼데타와 함께 이 땅에서 아군을 손에 넣어 내 나라를 위해 움직이겠다.

◆

신녀는 신녀가 아닐지도 모른다. 나는 그렇게 생각했다.

하지만 신녀가 의심스럽다고 말하려면 준비가 필요했다. 깨어나고 얼마간 신녀와 그 주위의 정보를 모아 봤지만, 이대로 내가 신녀는 가짜일지도 모른다고 말하면 어떻게 될지 알 수 없었다.

신중히 일을 진행해야 했다. 이 사실을 확실하게 받아들여 주실 분이 누구일까. 함께 신탁을 받았던 다른 신관들은 아직 깨어나지 않았다. 그들이 깨어나면 조금 더 움직이기 쉬울 텐데. 하지만 나는 우연히 한순간 신녀의 모습을 봤으나 다른 자들도 봤을지는 알 수 없었다.

앨리스 님은 신녀가 아닐지도 모른다. 신녀가 아닌 자를 백성에게 신녀라고 알렸을지도 모른다.

그리고 앨리스 님을 보호한 뒤로 나라에 여러 재앙이 일어나고 있었다. 그것을 고려하여 생각해 보고 한 가지 결론에 이르렸다.

어쩌면 신녀가 아닌 자를 신녀로 거뒀기에 이런 일이 일어나고 있는 게 아닐까. 앨리스 님의 비위를 건드려서 그렇다고 여겨지고 있는 것 같지만, 전자의 가능성이 더 크다는 생각이 들었다. 신에게 사랑받는 존재이기에 신녀가 있는 곳은 번영한다고 하는데, 그런 좋은 일이 일어나지 않는 것을 신전은 어떻게 생각하고 있을까.

나는 그렇게 고민하고 말았다.

누구에게 말하면 좋을까. 본인에게 말해 보는 것도 한 가지 방법일지 모른다. 하지만 앨리스 님은 아직 어리기도 하고, 본인에게 말해 봤자 어쩌지 못할 것이다. 애초에 앨리스 님과 단둘이 만날 수도 없었다.

"일룸, 무슨 일 있습니까?"

끙끙대며 고민하니 고위 신관인 진토 님이 말을 걸어왔다.

최근, 내 얼굴에 근심이 가득한 것이 신경 쓰였다며 걱정했다.

깨어난 이후로 진토 님은 특히나 나를 신경 써 주셨다. 대신전에서 수십 년을 신관으로 지내신 고귀한 분이었다.

——이분에게 말씀드리면 어떨까.

그런 생각이 들었다.

같이 신탁을 받은 다른 이들이 깨어날 때까지 기다려야 할까. 하지만 언제 깨어날지도 알 수 없다.

"……진토 님께 말씀드리고 싶은 일이 하나 있습니다."

어떻게 움직여야 할지 알 수 없었다. 하지만 이대로 앨리스 님은 신녀가 아닐지도 모른다는 생각을 품은 채 입 다물고 있으면 안 될 것 같았다.

"말해 보세요."

"……신탁을 받았을 때, 저는 신녀님의 특징뿐만 아니라 모습도 한순간이지만 보았습니다."

이 이야기를 하는 건 처음이었다. 진토 님은 묵묵히 들어 주셨다. 나는 지금껏 품었던 마음을 토로하듯 목소리를 쥐어짰다.

"……그때 본 모습은, 앨리스 님과, 달랐습니다."

"그게 무슨 말이죠."

"……제가 본 모습은 금발이 아니었습니다. 머리는 갈색이었습니다. 제가 잘못 봤을 가능성도 있지만…… 어쩌면 앨리스 님은 신탁 속 신녀님이 아닐지도 모른다는 생각이 듭니다."

'대신전이 인정한 신녀가 가짜일지도 모른다.'

매우 불경한 발언이지만, 의혹이 싹트는 것은 분명했다. 물론 지나친 생각일지도 모른다는 말도 덧붙였지만.

내 말에 진토 님은 놀란 표정을 짓더니 이내 자상하게 웃었다.

"알겠습니다. 그럼 이 일은 제가 맡겠습니다."

그렇게 말해 주셔서 나는 안도했다. 줄곧 품었던, 지금 신녀는 진짜가 아닐지도 모른다는 의혹을 마침내 다른 사람에게 말해 마음이 편해졌다. 고위 신관인 진토 님이 맡아 주신다고 하니 사태가 호전되리라 생각했다.

하지만 이틀 후, 나는 비밀리에 감금당했다.

어째서지? 나는 한없이 곤혹스러웠다. 그렇게 심문이 시작됐다. 신녀의 모습이 다르다니 어떻게 된 거냐며 추궁당했다.

나는 앞으로 어떻게 될까.

나는 대신전에 지하가 있다는 사실도 몰랐다. 이런 식으로 알게 될 줄은 생각도 못 했다. 그리고 그 뒤로 진토 님의 모습은 한 번도 보지 못했다.

밖에서 내부가 훤히 보이는 튼튼한 감옥 같은 곳의 침대에 주저앉아 나는 망연자실했다.

2 소녀와 비극

"레룬다, 놀자."

"응."

이날도 나는 가이아스의 손을 잡고 수인 아이들에게 갔다.

나는 체력이 부족했지만 열심히 술래잡기 등을 하며 놀았다.

수인인 친구들과 인간인 나는 신체 능력이 다르기에 신체 강화 마법을 썼다. 그래야 겨우 따라갈 수 있었다. 수인은 발도 빠르고 참 대단하다.

술래잡기는 이 마을에 와서 처음 해 봤다. 고향에서는 다른 아이들이 노는 것을 보기만 했었다. 그때는 부럽다고 생각하지도 않았다. 나와는 상관없는 일이라 여겼다. 하지만 실제로 해 보니 너무나 즐거워서 깜짝 놀랐다.

이렇게 놀다 보니 체력도 붙은 것 같았다.

"재밌어."

"그치? 재밌지? 레룬다."

시노미가 내 말에 상냥하게 웃었다.

온화하고 다정한 웃음. 나는 시노미의 이런 웃는 얼굴이 좋았다. 이렇게 다 같이 놀면 즐거워서 좋다. 친구가 생기는 건 즐거운 일임을 여기 와서 처음 알았다.
많은 처음을 모두가 줬다.
많은 기쁨을 모두가 줬다.
이렇게 즐거워도 되는 걸까. 행복해도 되는 걸까. 그렇게 생각하고 말았다.
"다들, 너무 좋아."
"어, 어어어어어어, 어떻게 그런 말을 아무렇지 않게 하는 거야."
"바보, 바보!"
다들 너무 좋다고 솔직하게 말하자, 같이 놀던 남자아이들이 부끄러운지 그렇게 외쳤다.
괜히 쑥스러워서 그러는 것임을 알기에, 나를 좋아한다는 것도 알기에, 그런 말을 들어도 나는 웃음이 났다.
이런저런 말을 듣고 말았지만, 그 뒤로도 다 같이 놀았다. 시포와 그리폰들 가족도 함께.
나는 땅에 그림을 그렸다.
나뭇가지로 그림 그리기는 꽤 즐거웠다. 나는 이렇게 그림을 그리는 것이 좋다.
나는 시포와 그리폰들 가족을 그렸다.
"히히히힝~(레룬다, 잘 그린다)."
"그르그륵(우리야?)."
시포와 그리폰들 가족은 내 그림을 보고 기뻐했다.
"레룬다, 잘 그리네. 나는 꽃을 그리고 있어. 이 꽃이——."

시노미는 꽃을 좋아하는지 그린 꽃을 열심히 설명해 줬다. 카유는 대화에 끼지 않고 옆에서 뭔가를 그렸다. 무슨 그림인지는 알 수 없었다.

"단동가, 그거 단검을 그린 거야?"

"맞아. 나는 해체를 좋아하니까."

단동가는 해체용 단검을 그리는 모양이었고, 그 얘기로 리리드와 열을 올렸다.

이루케사이와 루체노는 싫증이 났는지 금세 그리기를 그만두고 시포와 놀았다.

그리폰들은 수인들에게 신 같은 존재라서 같이 노는 건 황공하다고 생각하는 듯했다. 그래서 수인 아이들은 시포와 놀려고 할 때가 많았다.

시포가 얼굴을 가까이 대고 장난치자 이루케사이와 루체노도 즐겁게 웃었다. 이에 새끼 그리폰들이 "그륵그륵(우리도 끼워 줘)." 하고 다가가자 이루케사이와 루체노는 신에게 이래도 되나 당황하면서도 새끼 그리폰들과 놀았다.

놀고 난 후에는 공부 시간이다.

수인 아이들, 새끼 그리폰들과 함께 할머님 댁에 갔다.

"오늘은 문장을 좀 더 연습해 볼까."

"문장 연습? 할머니, 나는 새로운 걸 배우고 싶어! 글자는 이제 쓸 수 있는걸!"

이루케사이는 문장을 연습하자고 한 할머님에게 불만을 말했다. 루체노도 비슷한 표정을 지었다. 문장 연습보다도 새로운 것을 배우고 싶은 듯했다.

"확실히 이루케사이는 이제 어느 정도 글자를 읽고 쓸 줄 알지. 그건 나도 인정하마."

"그러면——."

"하지만 아직 어려운 문장을 읽고 쓰진 못하잖니? 배움은 아주 중요하단다. 지금은 모르는 것도 배우다 보면 알게 되지. 만약 문장을 이해 못 해서 불리한 일이 생기면 곤란하지 않겠니? 솔직히 말해서 우리 수인은 앞으로 어떻게 될지 알 수 없는 입장이란다. 우리를 노예로 만들려는 인간도 많아. 무슨 일이 벌어지고 난 뒤에 그때 배워 둘 걸 그랬다고 후회해도 소용없단다."

할머님은 이루케사이와 루체노를 타이르듯 말했다.

배우면 알 수 있는 것도 결국 안 배우면 모르는 게 된다. 배우지 않아서 불리한 상황에 빠지기도 한다고 할머님은 자상하게 웃으며 가르쳐 줬다.

이 자상한 웃음에는 반론할 마음을 없애는 신기한 힘이 있었다. 나는 할머님이 자상하게 웃으며 말하면 그게 어떤 말이건 고개를 끄덕이고 싶어진다. 그건 다른 아이들도 똑같을 것이다.

"알겠어, 할머니."

그렇게 말하고 이루케사이와 루체노는 더 반론하지 않았다.

역시 할머님은 대단하다. 나도 언젠가 이런 어른이 될 수 있을까?

"다행이구나. 그럼 서로에게 편지를 써 볼까. 모르는 말이 있으면 가르쳐 줄 테니 말하려무나."

할머님이 그렇게 말해, 아이들이 서로에게 편지를 쓰게 됐다.

할머님과 하는 공부는 진지한 이야기뿐만 아니라 이렇게 즐거운 시간도 많았다. 나는 할머님과 하는 공부가 좋다.

우리는 즐겁게 편지를 썼다.

실컷 놀고 공부한 다음에는 란 씨에게 갔다.

"란, 씨."

"잘 왔어요, 레룬다."

란 씨는 생긋 미소 지었다. 란 씨의 미소를 보고 나는 기뻤다. 란 씨도 내가 모르는 것을 많이 가르쳐 줬다.

신녀인지 아닌지 확실하지는 않지만 나는 신녀에 관해 알아야 했다. 그리고 수인과 인간에 관해서도 더 알아 둬야 했다.

"란, 씨…… 나, 행복해."

"네, 그건 기쁜 일이에요."

"……하지만, 뭔가, 일어날 것 같아."

"그러네요. 이 숲과 인접한 페어리트로프 왕국과 미가 왕국은 신녀가 나타나면서 행동에 나섰어요. 무슨 일이 됐든 일어나겠죠. 그래서 아토스 씨가 그 대책을 생각하고 있는데, 그 대책에 따라 앞으로의 생활이 적잖이 달라질 거예요."

"……응."

아토스 씨도 고양이 수인 마을이 습격받았다는 사실을 들었다. 그에 관해 앞으로 어떻게 해야 할지는 아직 결론이 나지 않았다. 아토스 씨가 어떤 선택을 할지는 모른다.

고양이 수인을 도와주러 갈지 말지. 어느 선택을 하느냐에 따라 이곳 생활도 달라질 것이다.

"어떻게 달라질지 모르니 불안할 수도 있지만, 상황이 어떻게 바뀌든 레룬다에게는 저와 마을 사람들이 있어요. 레룬다는 신녀일지도 모르지만 그 이전에 어린아이예요. 그러니까 보호받아도 돼요."

"……나, 무슨 일, 생겼을 때, 뭔가, 할 수 있어?"

"레룬다가 신녀라면, 아마 뭐든 할 수 있겠죠. 하지만…… 감정에 지배당해 행동하면 큰일이 날 거예요. 그러니까…… 감정에 지배당하지 않게 조심하세요. 물론 어렵겠지만……."

"……응."

고개를 끄덕인 내게 란 씨는 과거의 신녀 이야기를 했다.

"과거에 신녀가 증오심에 휩싸여 나라를 멸망시켰다는 얘기도 있어요. 물론 그럴 만한 일을 그 나라가 벌였기 때문이지만. 그 신녀는 증오심에 사로잡혀 끝내는 자살했다고 해요. 아마 레룬다만큼 착한 사람이지 않았을까요. 한 나라를 멸망시킬 정도로 증오를 품고, 재앙과도 같은 영향을 끼친 건…… 괴로웠을 거예요. 제 추측이긴 하지만, 레룬다는 착하니까 만약 감정에 지배당해 나라를 멸망시킬 만한 영향을 끼치면 괴로워하겠죠?"

증오를 느낄 만한 일을 내가 당해서. 그 몹쓸 짓을 한 사람의 나라가 멸망하고. 그래서 관계없는 사람까지 힘든 일을 겪는다면, 큰일을 당한다면. ……괴로울 거다. 슬플 거다.

"……응."

고개를 끄덕인 내 머리를 란 씨가 상냥하게 쓰다듬고 중얼거렸다.

"레룬다가 감정에 지배당할 만한 일은 안 일어나는 게 가장 좋지만요."

◆

그날, 나는 평소처럼 느긋하게 지내려고 아침부터 시포에 올라탔다. 그랬더니 아토스 씨가 보였다. 아토스 씨도 나를 알아차리고 말을 걸어왔다.

"레룬다, 시포랑 나가려고?"

"……응. 마을, 산책, 할 거야."

"그래."

"아토스 씨는?"

"잠시 마을 밖에 나갔다 오려고 해."

"……괜찮아?"

"문제없어. 바로 근처니까."

아토스 씨는 그렇게 말하고 웃었다.

하지만.

——그 후, 밖에 나간 아토스 씨가 돌아오지 않는다는 소식을 들었다.

아토스 씨가 안 돌아온다.

그 소식을 듣고 나는 불안해졌다. 아토스 씨, 따뜻한 사람. 사랑하는 수인 아저씨.

고양이 수인 마을이 습격받기도 해서 마을 밖에 나가는 일은 신중하게 결정해야 한다. 하지만 아토스 씨는 이 마을의 수장이고 실력도 있기에 혼자서 나갔다.

아토스 씨라면 괜찮을 거라며 다들 걱정하지 않았다.

하지만 돌아오기로 한 시간에도 아토스 씨는 오지 않았다.

"아빠……."

가이아스는 평소의 활기찬 모습은 온데간데없이 사라지고 불안한 표정을 지었다.

나는 가이아스를 위로하려고 했지만 뭐라고 말하면 좋을지 몰랐다.

가이아스가 혼자 있고 싶다며 떠난 후, 나는 란 씨의 손을 잡았다.

"란, 씨."

불안했다. 무서웠다.

고양이 수인들이 마을에 오고, 이야기를 듣고, 강렬하게 느꼈던 불안이 적중한 것 같았다.

아토스 씨는 무사할까. 아토스 씨는, 아토스 씨는……. 불안하고 무서웠다. 란 씨는 내 손을 꽉 맞잡아 줬다. 란 씨도 복잡한 얼굴이었다.

"……아토스, 씨."

"……걱정되네요, 레룬다."

"응……."

나는 움직이지도, 가이아스를 쫓아가지도 못했다. 그저 계속 생각했다. 란 씨의 손을 꼭 잡고 한동안 움직이지 못했다.

계속 밖에 있으면 감기에 걸릴 거라고 란 씨가 말해서 같이 우리 집에 갔다. 그대로 란 씨와 그리폰들에게 둘러싸였다가 어느새 잠들었다.

잠에서 깼을 때, 이 상황이 꿈이면 좋겠다고 생각했지만 아토스 씨가 돌아오지 않은 것은 현실이었다.

그로부터 며칠간 어떻게 지냈는지 모르겠다. 그저 어른들의 긴박한 모습과 가이아스의 생각에 잠긴 얼굴만이 머릿속에 남았다.

아토스 씨를 찾았으면 좋겠다고, 찾게 해 달라고 빌었다.

가이아스는 줄곧 가라앉아 있었다. 아니, 가이아스뿐만이 아니었다. 다들 아토스 씨를 사랑하니까, 아끼니까 아토스 씨가 돌아오지 않아 슬퍼했다.

고양이 수인들 이야기를 들은 뒤였기에 더더욱 어쩌면…….
하고 불안이 커져 있었다. 나도 몹시 불안했다.

내일은 돌아오지 않을까, 그렇게 기대했다. 나뿐만 아니라 다들 그랬다. 그래서 우리는 한동안 기다렸다. 하지만 역시 돌아오지 않았다.

머릿속이 새하얘져서 나는 아무 생각도 할 수 없었다. 며칠 후, 어른 수인들이 아토스 씨를 찾아 나섰다.

——어른 수인들도 돌아온다고 했지만 결국 돌아오지 않았다.

닷새 안으로 돌아오겠다고, 아토스 씨를 못 찾아도 수색을 끝내고 돌아오겠다고 했는데. 그런데 어째서 돌아오지 않는 걸까.

불안이 커졌다.

나만 그런 게 아니었다. 다들 불안하고 슬퍼 보였다.

나는 고향에서 줄곧 혼자였다. 주위에 사람은 많았지만, 여러 가지를 가르쳐 줬던 할아버지가 돌아가신 뒤로는 그저 목숨이 붙어 있으니 사는 것과 다름없었다. 그랬던 내게 사랑하는 사람들이 있는 소중한 장소가 생겼다.

아토스 씨, 그리고 아토스 씨를 찾으러 간 사람들.

모두와 함께 보냈던 기억. 사랑스럽고, 따뜻하고, 행복한 추억들.

……괴로워.

혹시 다들 큰일을 겪는 걸까. 사랑하는 사람들이 고통스러워하는 걸까.

그렇게 생각하면서도 나는 역시 아무것도 할 수 없었다.

그저 사람들이 무사했으면 좋겠다고 줄곧 기도했다. 돌아왔으면 좋겠다고 바랐다.

그리폰들과 시포는 마을을 지키는 쪽과 사람들을 찾으러 가는 쪽으로 나뉘어 행동했다. 사람들을 찾으러 간 그리폰들은 아직 돌아오지 않았다.

나는 기도할 수밖에 없었다. 아토스 씨도, 아토스 씨를 찾으러 간 사람들도 돌아오지 않아서 어떻게 행동하면 좋을지 알 수 없었다.

하지만 아토스 씨의 아들인 가이아스는 그저 기다리고만 있지 못했다.

아토스 씨가 사라지고, 찾으러 간 수인들이 안 돌아온 지 일주일이 된 날, 가이아스가 마을에서 사라졌다.

아마 아토스 씨를 찾으러 나갔을 것이다. 나는 무서워졌다. 가이아스도 사라져 버리는 걸까. 그렇게 생각하니 가만있을 수 없었고, 정신 차리고 보니 나도── 제지하는 란 씨의 목소리를 뿌리치고 달려 나가고 있었다.

머릿속에는 가이아스밖에 없었다. 그저 가이아스를 따라잡아야 한다는 생각밖에 없었다.

◆

가이아스, 가이아스, 어디야.

어디 갔어.

나는 신체 강화 마법을 쓰고 열심히 달렸다.

아토스 씨가 사라졌다, 다른 사람들도 사라졌다, 그리고 가이아스마저도. 가이아스, 가이아스── 그렇게 가이아스만 생각했다.

가이아스는 신체 강화 마법을 못 쓴다. 그러니 나라도 따라잡을 수 있을 터!

달렸다. 그저 숲속을 달렸다.

"가이, 아스!!"

열심히 소리쳤다. 하지만 대답이 없었다.

가이아스, 어디야?

어디 있어?

발이 아프고 숨이 찼다. 멈춰 서고 싶었다. 하지만 안 돼. 가이아스를 찾아야 해. 가이아스를, 찾아야 해.

그러고 있는데 근처에서 작은 목소리가 들렸다.

"가이아스!!"

이렇게 큰 소리를 낸 것은 처음이었다.

신체를 강화하여 달려간 곳에 가이아스가 있었다. 하지만 가이아스만 있는 게 아니었다. 가이아스를 구석으로 몰려고 하는 어른들이 있었다.

수인의 귀와 꼬리는 없었다. 인간이었다. 인간 어른.

"레룬다! 오면 안 돼!"

가이아스, 상냥해. 자기도 위험하면서 나한테 오지 말라고 하고. 하지만 여기서 가이아스의 말을 잠자코 들을 수는 없었다.
나를 보고 어른들은 눈을 크게 떴다. 어느새 나는 가이아스와 어른들 앞으로 뛰쳐나가고 있었다. 그리고 두 팔을 벌렸다.
"가이아스한테…… 뭐 하는 거야!!"
말이 서툴다느니 그런 소리를 할 때가 아니었다. 여기서 목소리를 내야 했다. 목소리를 내고 사랑하는 가이아스를 지켜야 했다.
내가 신녀든 아니든 상관없었다. 가이아스가 큰일을 당하는 건 싫었다. 여기서 가이아스를 못 지킨다면—— 분명 가이아스는 사라질 것이다.
"인간…… 아이?!"
"어째서 수인 따위와 어울리는 거지?"
똑같은 인간인 나를 보고 어른들은 당황했다.
"……아가씨, 좋은 말로 할 때 비켜. 그 수인만 넘기면 아가씨한테 심한 짓은 안 할 테니까."
"그대로 버티면 너까지 따끔한 맛을 볼 거야."
위협적으로 말하긴 하지만, 이 사람들은 아마 나를 해칠 생각은 없을 것이다. 나는 인간이니까……. 하지만 가이아스를 해치는 것은 전혀 개의치 않았다. 수인도 똑같은 '사람'인데 어째서 해치려는 걸까.
"——가이아스에게, 심한 짓…… 안 돼!!"
나는 비키지 않을 거다. 절대 비키지 않을 거다. 가이아스를 두고 가지 않는다. 가이아스가 위험해질 걸 뻔히 알면서 두고 갈 수는 없다.

"레룬다, 나는, 괜찮으니까——."

"안, 괜찮아!! 절대 안 비킬 거야!!"

어른들이 서서히 다가왔다. 어쩌지? 어떻게 해야 가이아스를 지킬 수 있지? 그런 생각이 내 머릿속을 점령했다.

이렇게 많은 어른 앞에서 내가 뭘 할 수 있지.

그런 생각이 들었을 때, 나는 가이아스를 힘껏 끌어안았다.

왜냐하면—— 아마도 나는 해치지 못할 테니까. 지금까지 줄곧 그랬다. 부모님이 손찌검하려고 해도 나는 맞지 않았다. 그러니 내가 지키는 거다. 가이아스를 해치게 두지 않겠다. 고향 사람들이 기분 나쁘게 여겼던 현상이지만 상관없다. 가이아스를 지키고 싶었다.

어른들은 한숨을 쉬고 우리에게 다가왔다. 손을 뻗었지만 그 손은 내게 닿지 않았다.

"어?"

"뭐야, 이거……."

"헉?!"

내민 손이 뭔가에 튕겨나가더니 갑자기 바람이 불면서 몸이 뒤로 넘어가고—— 예전에 고향에서 일어났던 일과 같은 이상한 현상이 일어났다.

계속 그러자 짜증이 났는지 어른들은 마법을 썼다. 바람 마법일까. 회오리 같은 것이 우리에게 달려들었다.

저걸 정통으로 맞으면 나도 가이아스도 분명 죽을 것이다. 그런 생각이 들 만큼 강한 마법이었다. 눈을 질끈 감고 가이아스를 더 세게 끌어안았다.

무서워.

하지만 지켜야 해. 가이아스가 없어지는 건 싫으니까.

그러나 회오리는 우리를 덮치지 않았다. 커다란 힘이 옆을 지나쳤다.

"뭐야?"

"마법이, 피해 갔어?!"

놀라는 목소리가 들려서 눈을 떴다.

내 품속에 있는 가이아스도 깜짝 놀랐다.

아아, 다행이다. 가이아스를 지켜서 다행이야.

하지만 이제부터 어쩌지.

그러고 있으니 목소리가 들렸다.

"……뭐 하는 거야. 응? 어린애?"

소리가 난 곳을 보니 갑옷을 입은 사람들을 이끄는 매우 반짝거리는 옷을 입은 사람이 나타났다. 나나 가이아스보다는 연상이지만 아직 아이인 듯한 나이로 보였다.

"왕자님! 이 아이가 수인을 감쌌습니다!!"

"이상하게도 손댈 수가 없습니다. 뭔가 묘한 주술을 쓰는 것 같습니다."

"……묘한 주술이라."

왕자님이라고 불린 사람이 다가왔다. 왕자님이…… 나라의 윗사람이 수인에게 몹쓸 짓을 하는 거야?

그 사람이 가이아스와 나를 향해 손을 뻗었다. 내가 몸을 움츠리는데 그 사람이 내 머리를 쓰다듬었다.

어라? 어떻게 내게 손을 댄 거지. 이윽고 그 손이 내 손에 닿았을 때, 울음소리가 들렸다.

"그륵그르르르르르르르르륵!!(레룬다, 찾았다!!)"

와농이 낸 소리였다. 다른 그리폰들과 시포의 소리도 들렸다.

아아, 다들 와 줬구나. 그게 무엇보다 기뻤다. 전원이 온 건 아니었지만, 누군가가 와 줬다는 생각에 안도했다. 안도해서 가이아스를 꽉 안은 손에서 힘이 빠졌다.

내게 손을 내밀던 왕자님은 깜짝 놀랐는지 손을 거둬들였다. 어른들이 왕자님을 지키듯 뒤로 보냈다.

"레룬다…… 드디어 날 풀어 줬네."

"……가이아스."

가이아스는 마침내 내 팔에서 풀려나 말했다. 레이마가 나와 가이아스 앞에── 인간과 우리 사이로 들어왔다. 우릴 지키려고 해 줘서 나는 더더욱 안도했다.

"레이마."

"그르그르그르르으으(무사해서 다행이야)."

레이마가 우리를 위로하듯 그렇게 말했다. 어른 인간들은 "이런 곳에 그리폰이 있다니!" 하며 소란스러웠다.

왕자님도 깜짝 놀란 것 같았지만, 다른 어른들처럼 허둥거리지 않고 나를 빤히 보았다. 신기한 사람이었다. 다른 사람들처럼 무서운 눈을 하지도 않았다. 가이아스를 바라보는 눈빛도 왠지 다른 어른과 다른 것 같았다.

아까 나를 만진 것도 신기했다. 어떻게 한 걸까.

혼란스러운 와중에 레이마가 "그륵그르르륵(올라타)." 하고 말해서 나는 퍼뜩 정신을 차리고 가이아스의 손을 잡아당겼다. 그리고 둘이서 레이마에 올라탔다. 레이마는 어른 그리폰는 나랑 가이아스가 타도 문제없었다.

그러자 레이마가 날아올랐다.

다른 그리폰들과 시포도 하늘로 날아올랐다. 가이아스는 처음으로 그리폰들에 타서 그런지 떨어지지 않도록 레이마의 몸에 달라붙어 있었다.

"레이마, 고마워."

나는 레이마의 등 위에서 감사 인사를 했다. 모두가 와 주지 않았다면 어떻게 됐을지 솔직히 알 수 없었다. 나는 가이아스를 못 지켰을지도 모른다.

"가이아스, 무사해서, 다행이야. 걱정, 했어."

"……미안해. 아빠가 보고 싶어서, 찾으러 가야 한다는 생각에……. 미안. 레룬다까지 위험하게 만들었어."

"……아니야. 신경 쓰지 마. 나도, 아토스 씨, 보고 싶어."

가이아스가 고개도 못 든 채 한 말에 나도 그렇게 대답했다. 그런데 그리폰들의 상태가 어딘지 이상했다.

"왜, 그래?"

"그륵그르르으으(아토스를, 찾았어)."

"정말?!"

아토스 씨를 찾았다. 그 말에 기뻤지만, 레이마가 말을 꺼내기 어려워하는 모습에 불안해졌다.

"왜 그래?"

"……그륵그륵그르르으(아토스를 찾긴 찾았는데——)."

"어?"

레이마가 이어서 고한 말에 내 머릿속은 새하얘졌다.

"레룬다, 왜 그래? 레이마 님이 뭐라고 하시는 거야? 아빠에 관해 뭔가 알았대?!"

"……."

나는, 가이아스에게 아무 대답도 할 수 없었다.

왜냐하면 레이마가 어렵게 말을 꺼내 알려 준 것은—— 아토스 씨의 시체를 찾았다는 내용이었으니까.

아토스 씨의 시체는 숲의 초입 부근에 버려져 있었다고 한다. 죽인 후 묻어 주지도 않고 그대로 버려둔 것이다. 그리고 그 시체를 그리폰들이 찾았다고 했다.

너덜너덜. 아토스 씨, 상처투성이야.

그 인간들이 이런 짓을 한 걸까?

아토스 씨, 나, 슬퍼. 아토스 씨의 목소리를 더는 못 들어서,

이제 아토스 씨를 더는 못 만나서 슬퍼. 괴로워. 왜 아토스 씨가 이런 일을 당해야 해?

나는 슬픔에 잠긴 채, 아토스 씨의 시신을 불태우는 모습을 바라보았다. 아토스 씨를 하늘로 보내기 위한 의식이라고 했다.

나와 가이아스, 다른 아이들이 굳어 있는 사이에도 어른들은 바삐 움직였다. 사랑하는 마을을 바로 떠나야 한다고 했다.

아토스 씨를 찾으러 갔던 사람들은 무사했다. 그리폰들이 데려다 줬다.

하지만 아토스 씨는 죽어 버렸다. 더는 아토스 씨를 만날 수 없다.

그래도—— 인간 나라가 행동을 개시했는데 아토스 씨 한 명이 죽은 걸로 그쳐 그나마 다행이라고 했다. 다들 괴로워하며 그렇게 말했다. 어쩌면 더 큰일이 벌어졌을지도 모른다고 했다.

아토스 씨가 죽어서 다들 슬퍼하는 것을 알 수 있었다. 한 명의 희생으로 끝났으니 다행이라고 머리로는 납득하면서도, 소중한 아토스 씨가 죽어 버린 것을 슬퍼했다.

하지만 그저 슬퍼하기만 하는 어린아이들과 달리 다들 슬퍼하면서도 움직였다. 나는 란 씨의 손을 잡고서 얼마간 지냈던 수인 마을을 뒤로했다. 마을에서 지낸 시간이 짧은 내게도 그건 서운한 일이었다.

나중에 인간들이 마을을 마음대로 이용할 수 없도록 집을 부수고, 열심히 돌봤던 밭도 전부 태웠다. 사랑했던 것들이 하나둘씩 사라졌다. 서운했다. 슬펐다. 하지만 분명 나보다도 처음부터 마을에 살았던 수인들이 더 괴로울 것이다.

"……란, 씨."

나는 란 씨의 손을 꽉 잡았다.

마음이 다른 곳에 가 있는 가이아스의 손을 동구 씨가 잡아 끌었다.

우리는 숲을 남하했다. 그리폰들과 시포가 주위를 확실하게 경계해 줬다. 숲의 남쪽은 사람의 손길이 닿지 않은 땅이라고 들었다. 마물도 많다고 했다. 무서운 곳일지도 모른다고 했다. 하지만…… 이대로 머물면 안 된다고 했다. 바뀌지 않은 채 그대로 있으면 다들 죽어 버릴 거라고 했다.

"아토스 씨는…… 왜, 죽어야만 했던 거야?"

"……인간들이 아토스 씨를 죽인 건 수인이었기 때문일 거예요. 어차피 수인이니까…… 죽여도 된다고 생각하는 사람이 있어요. 처음에는 아마 아토스 씨에게 고통을 줘서 수인 마을이 어디 있는지 알아내 습격할 작정이었겠죠. 하지만 아토스 씨는 말하지 않았어요. 말하지 않아서, 살해당했을 거예요……."

"말하지 않아서."

"……아토스 씨가 우리를 지켜 준 거예요. 아토스 씨가 목숨 걸고 지켜 준 거예요, 분명. 그리고 그렇게 눈에 띄는 마을이 발각되지 않은 건…… 레룬다가 신녀라서 그럴 거예요."

마지막 말은 나한테만 들릴 만큼 작은 목소리였다.

내가 신녀라서 마을이 발각되지 않았다고 란 씨는 말했다.

정말로 내가 그런 존재일까. 애초에 내가 신녀라면 왜 아토스 씨는 죽을 수밖에 없었던 걸까. 내가 신녀라서 마을이 발각되지 않았다. 그리고 모두가 죽지는 않았다. 그건 다행인 일이다. 하지만 아토스 씨가, 없다. 모두를 지킬 수는 없다니……. 슬펐다. 몇 번을 생각해도 슬펐다.

어째서 수인이란 이유만으로 그들에게 몹쓸 짓을 하는 걸까.

아니, 수인이든 인간이든 상관없이, 누군가에게 그토록 심한 짓을 한다는 걸 믿을 수가 없었다.

"……나, 슬픈 거, 싫어."

"네, 저도…… 싫어요."

"누구도, 슬프지, 않게, 하고 싶어."

만약 외톨이가 됐다면 나는 견디지 못했을지도 모른다. 참을 수 없이 슬프고 괴로웠을 것이다. 하지만…… 슬프고 괴로워도 열심히 우리를 이끌려는 모두를 보고 있자니 슬퍼하기만 해서는 안 된다는 생각이 들었다.

"……그걸 위해서, 나…… 할 수 있는 일을, 할 거야."

내가 정말 신녀가 맞다면, 내가 노력하면 모두를 지킬 수 있지 않을까. 내가 더 열심히 노력하면 이렇게 누군가를 잃는 일은 두 번 다시 없지 않을까.

나는 란 씨의 손을 잡고 걸으며 그렇게 생각했다.

막간 교육 담당의 고찰 / 왕자, 보고하지 않다

나, 란드노는 신녀에 관해 잘못 생각했던 걸지도 모른다.

신녀는 결코 전능한 존재가 아니라는 사실은 이미 안다고 생각했다. 하지만 진정한 의미로서 깨닫지는 못했던 것 같다.

애초에 '신녀'―― 신에게 사랑받는 아이라는 말은 우리 인간이 멋대로 붙인 이름이다. 확실히 신녀는 신에게 사랑받는다. 그건 사실이리라. 하지만 그저 신에게 사랑받고 행복을 부여받기만 한 것은 아니다.

정말로 신녀가 아무런 불편 없이, 불행 따윈 전혀 느끼지 않는 게 맞다면 신녀일 소녀―― 레룬다가 고향에서 그렇게 심한 취급을 받았을 리가 없다.

과거에 신녀가 증오에 사로잡혀 나라를 멸망시킨 것도 그렇다. 정말로 신녀가 신에게 사랑받아 신이 주는 행복을 누릴 뿐이라면 애초에 증오를 품을 일을 겪을 리가 없다.

신녀에게 사랑받는 자는 행복을 얻는다. 신녀가 사랑한 토지는 신녀가 떠난 후에도 황폐해지지 않는다. 신녀를 연구하면서 알게 된 내용이다.

그건 확실히 사실이다. 하지만 신녀는 완벽하지도 않고 전능하지도 않을 것이다.

레룬다의 고향도 수인 마을도, 확실히 레룬다가 살기 편하게 힘이 작용한 듯하다.

하지만 아토스 씨가 행방불명된 지금, 이대로 쭉 평온하게 사는 것은 무리일지도 모른다고 생각한다.

레룬다는 아토스 씨를 소중히 여기고 따랐다.

페어리트로프 왕국의 중신들이나 대신전 신관들이 생각하는 것처럼 신녀에게 사랑받는 자가 행복을 얻는다면 아토스 씨가 행방불명되는 일은 있을 수 없을 터다.

——그리고 곰곰이 생각해 보면, 신녀가 나타났다는 사실이 역사서 등에 적혀 있는 것도 의문이 든다.

'신녀' 로 태어난 자는 반드시 '신녀' 로서 무대에 서는 것 같다. 신녀임이 밝혀지지 않고 평범한 사람으로서 평온하게 산 신녀는 문헌 속에서 찾아볼 수 없다. 신녀는 역사서에 이름을 남길 만한 일을 일으킨다. 즉, 신녀는 역사서에 이름을 남길 만한 일에 '휘말리는' 것이 아닐까. 그 결론에 이르렀을 때, 솔직히 소름이 돋았다.

나는, 아니, 다른 사람들도 착각한 것이 틀림없다. 신에게 사랑받는 아이라는, 좋게만 느껴지는 신녀라는 호칭. 그리고 신녀의 힘과 그로 인한 좋은 결과만 보고, 신녀는 신의 가호를 받았기에 행복한 것이 당연하며 불행은 전혀 겪지 않는 삶을 보내리라 여겼다.

하지만 그것은 틀렸을지 모른다.

——신녀는 역사서에 이름을 남길 만한 큰일에 휘말리기에, 특별한 힘과 가호를 받는 것이 아닐까.

반대로 큰 힘을 가졌기에 역사서에 이름을 남길 만한 일에 휘말리는 운명이거나.

솔직히 어느 쪽인지는 모르겠지만, 인간은 큰 힘을 가진 자를 내버려 두지 못하는 생물이다.

그러니 사람들은 분명 레룬다를 가만 놔두지 않을 것이다.

레룬다가 이대로 행복해지길 바라도 분명 큰일에 휘말릴 것이다.

그러니 신녀가 항상 대국의 보호를 받은 것은 당연한 결과이리라. 주변에서 내버려 두지 못하여 사건에 휘말리는 신녀가 살아가려면 그만큼 큰 힘이, 보호가 필요하지 않았을까.

——이 생각은 어디까지나 하나의 가설이다. 사실이 아니었으면 좋겠다.

하지만 이런 상황이기에 최악의 가능성을 생각해야 했다. 최악의 사태가 일어날 것을 고려하여 최선의 대책을 찾아야 했다.

어른 수인들에게는 마을에서 도망치는 게 어떠냐고 제안했다. 레룬다와 가이아스, 아이들에게는 아직 말 못했지만, 어쨌든 이것도 선택지 중 하나라고 생각했다.

아토스 씨와 아토스 씨를 찾으러 간 수인들이 돌아오지 않아 걱정된다. 무사했으면 좋겠다. ……하지만 최악의 가능성은 마을 사람 모두가 노예가 되거나 살해당하는 것이다. 그런 최악의 상황을 맞이한 마을로 밖에 나간 사람들이 돌아오는 것은 가장 피해야 할 일이다.

하지만 어떻게 해야 할지 결론을 못 내리고 있을 때, 아토스 씨가 시체가 되어 돌아왔다.

뛰쳐나간 레룬다는 어찌어찌 무사했다. 이야기를 들어 보니 레룬다가 가이아스를 지켜서 큰일을 면했다고 한다. 레룬다가 지키지 않았다면 가이아스는 죽었을 것이다.

나는 아토스 씨의 죽음을 보고, 역시 신녀는 그저 행복하게만 살 수는 없음을 깨달았다.

신녀이기에 괜찮다고 말할 수 없는 것이다. ——그걸 깨달았기에 신녀인 레룬다를 지키기 위해서라도 힘내자고 결의했다.

◆

“왕자님, 도망친 수인들도 반드시 붙잡겠습니다.”

“……그래, 맡길게.”

나는 힉드 미가. 미가 왕국의 7왕자로, 내 존재 가치는 왕족이라는 것 정도밖에 없었다. 그저 왕족이라는 이유로 열두 살인 어린애에게 나보다 두 배 넘게 산 기사가 머리를 숙였다.

나를 ‘왕자’로만 보는 것은 답답했지만, 그 사실을 받아들인 채 살아왔다.

나의 아버지—— 요컨대 미가 왕국의 국왕은 페어리트로프 왕국이 신녀를 손에 넣어 초조해했다. 신녀가 안 나타났다면 나도 이곳에 오지 않았으리라.

나는 지금 페어리트로프 왕국과 국경 근처에 있는 도시에 있다. 미가 왕국 남부에 있는 미개척 삼림에 수인 마을이 있으니 그 수인들을 확보하라는 아바마마의 분부를 받았다. 나는 솔직히 말해서 수인을—— 아니, 인간 이외의 종족을 노예로 만드는 행위를 그다지 좋아하지 않는다.

미가 왕국 왕궁에는 수인 노예가 몇 명 있었지만, 내가 보기에는 인간과 다르지 않았다.

하지만 7왕자인 내가 아바마마에게 그런 의견을 낼 수 있을 리 없었다. 내가 할 수 있는 일이라고는 수하에 있는 노예들을 험하게 다루지 않는 것 정도였다.

……우리 쪽에서 마을을 습격해 수인을 노예로 만들고 있으니, 수인 입장에서 나는 그저 적이겠지만. 내게는 힘이 없다. 힘이 없어서 아바마마가 하는 일에 의문을 품어도 행동은 못한다.

현재 나와 함께 이곳으로 파견된 기사들은 고양이 수인 마을을 습격했다. 그리고 그 마을에 있던 대다수를 노예로 만들었다.

예속의 목걸이를 채워서 반항 못 하게 만들고 자유 의사를 빼앗았다. 어린아이는 부모의 이름을 부르며 울부짖었다. 수인을 노예로 만드는 과정에서 죽은 자도 있었다. 그 사실을 외면해선 안 된다.

나는 수인들을 직접 습격하여 노예로 만들지는 않았다. 하지만 내 휘하에 있는 기사가 아바마마의 명령에 따른 내 지시로 그렇게 했다. 울부짖는 목소리도, 증오에 찬 눈빛도 전부 받아들여야 했다.

기사들은 고용한 용병과 함께 도망친 고양이 수인들의 행방을 쫓았다. 운 좋게 달아난 수인들을 찾지 못했으면 좋겠다. 그러면 그들이 노예가 되는 일은 없을 테니까.

나는 수인을 노예로 만들라고 간접적으로나마 명령했으면서도 그렇게 생각했다. 모순된 생각을 하는 자신이 어리석다고 느꼈다.

하지만 어리석다고, 바보 같다고 생각하면서도 역시 나는 수인들을 못 찾기를 바랐다.

그 바람이 통했는지, 신기한 힘이라도 작용하는지, 그리 멀리 가지 못했을 터인 고양이 수인들이 어디로 사라졌는지 알 수 없다는 보고를 받았다. 도망친 경로는 파악했는데도 갑자기 찾을 수가 없다고 했다. 잘은 모르겠지만 나로서는 안심되는 일이었다.

노예로 잡히면 노동력으로 쓰이거나 혹은 페어리트로프 왕국과 전쟁이 벌어졌을 때 버리는 말이 될 것이다. 분명 행복해지지는 못한다. 내 밑에 있는 동안에는 신경 써 주겠지만, 노예가 된 그들은 언젠가 내 손을 떠난다. 내 손을 떠나 불행해진다. 불행하게 만든 것은 다름 아닌 나다.

"죄송합니다, 전하. 거의 다 따라잡은 것 같은데 이상하게도 도달할 수가 없습니다!"

"이상한 일도 다 있네. 뭐, 좋아. 아바마마가 말한 기한까지 못 찾으면 붙잡은 노예만 아바마마에게 헌상하기로 하지."

"예! 그 전에 반드시 찾아내겠습니다."

그렇게 대답하는 기사에게 고개를 끄덕였으나, 나는 내심 못 찾았으면 좋겠다고 바랐다. 그런 본심을 사람들에게 말할 순 없었지만, 수인을 노예로 만들려고 벼르는 기사의 뒷모습을 보며 속으로만 생각했다.

하지만 아바마마가 고한 기한이 거의 다가왔을 때, 수인 한 명이 잡혔다.

그 일은 기사들을 고무시켰다. 붙잡힌 자는 찾던 고양이 수인이 아니라 늑대 귀와 꼬리를 가진 수인 남자라고 했다.

늑대 수인은 높은 전투력을 가졌다고 알려졌다. 늑대 수인을 노예로 만들면 아바마마는 필시 기뻐할 것이다.

그 늑대 수인을 잡으면서 벌어진 전투로 우리 쪽 기사가 다섯 명이나 죽었다. 부상자는 더 많았다. 그런 희생을 치르면서까지 수인을 노예로 삼아야만 하는 걸까.

그런 의문을 소리 내어 말할 수는 없었다. 아바마마의 뜻을 거스르는 말을 하면 나도 어떻게 될지 알 수 없었다.

기사들은 붙잡은 늑대 수인에게서 마을의 위치를 알아낼 거라고 했다. 아마 고문할 생각이리라.

재갈을 물고 구속당한 늑대 수인은 붙잡힌 시점에 이미 만신창이였다. 늑대 수인은 모습을 보러 간 나를 노려보았다.

나는 이 늑대 수인을 이런 몰골로 만든 측에 속했다. 이렇게 만신창이인데도 지금부터 또 고문을 당해야 하는 것이다. ……그러지 말았으면 좋겠다. 그만뒀으면 좋겠다. 하지만 역시 나는…… 아바마마의 명령을 거역할 수 없다.

이튿날, 그 늑대 수인이 죽었다는 보고를 받았다. 아무리 고문해도 마을의 위치를 말하지 않았다고 했다. 마을이 어디 있는지 말하면 살려 주겠다고 했는데도 끝까지 입을 다물었다고.

마을을 사랑하니까. 마을에 위해가 가해질 것을 알고 자백하지 않았을 것이다. 마음이 아팠다.

그 수인이 말하지 않은, 지키고자 한 마을을 부디 우리가, 미가 왕국이 못 찾았으면 좋겠다고 나는 바랐다.

그로부터 몇 주 후, 나는 한 소녀와 만났다.

늑대 수인 소년을 구석으로 몬 기사들. 그 기사들 앞에서 수인 소년을 지키던 소녀. 작은 몸으로 힘껏 수인 소년을 껴안았다.

기사들이 아무리 손을 뻗어도 건드리지 못했다. 아니, 손이 닿지 않았다고 보고받았다.

하지만 내가 손을 뻗었을 때는 그 소녀를 만질 수 있었다. 하지만 기사들은 건드리지 못했다. 어째서일까.

머릿속에 의문이 계속 떠올랐다.

그리폰을 타고 도망친 인간 소녀와 수인 소년을 쫓으려고 한 기사들을 제지한 것은 불길한 예감이 들었기 때문이었다. 우리는 손대면 안 되는 것을 건드리려는 게 아닐까. 아니, 이미 건드려 버린 것이 아닐까.

그렇게 생각하고 말았다.

왜냐하면 거점에 돌아와 다시 생각해 보니 그 소녀는── 어쩌면 신녀가 아닐까 하는 생각이 들었기 때문이다.

하지만 신녀가 같은 시기에 두 명이나 나타난 일은 역사상 없었다.

페어리트로프 왕국이 신녀를 확보했다면 내가 본 소녀는 신녀일 리가 없다. 하지만 그렇다면 왜 기사들은 그 소녀에게 손대지 못했을까.

나는 계속 그 생각만 했다.

그 소녀, 수인, 아바마마…….

생각해야 하는 일이 수두룩했다. 늑대 수인을 잡았는데 마을 위치를 알아내지도 못하고 고문해서 죽여 버렸다. 다른 늑대 수인을 잡지도 못했다.

발견한 늑대 수인 마을은 텅 비어 있었다고 한다. 이미 남쪽으로 도망친 것 같다고 했다. 남쪽의 미개척 숲 너머까지 쫓아갈 순 없었다. 결과적으로 기사를 죽게 해놓고 수확은 거의 없었다.

──아바마마는 나를 쓸모없는 녀석이라고 여길 것이다.

그 신기한 소녀는 인간이면서 수인들과 함께 있었다.

만약, 정말로 만약에, 그 소녀가 신녀라면── 우리는 신녀를 적으로 돌린 것이 아닐까.

그 소녀가 신녀일지도 모른다면── 아니, 신녀가 아니더라도 신기한 힘을 가지고 있다면, 이 사실을 보고하면 아바마마는 내게 실망하지 않을지도 모른다. 아바마마는 제일 먼저 그 소녀를 붙잡으려고 할 것이다.

——오히려 보고하면 내 입장이 좋아질 것이다. 그렇게 생각했으나 나는 일부러 아바마마에게 보고하지 않았다. …… 그래야 한다고 판단했다.

아니, 내가 보고하고 싶지 않았다. 아바마마는 지금껏 고분고분했던 내가 보고를 빼먹었으리라고는 생각지 않을 것이다. 그렇기에 숨길 수 있다. 그 신기한 소녀를.

"만약 그 소녀가 신녀라면——."

——나를 죽여 줄까.

그런 생각을 했다.

나는 아바마마가 명령하는 대로 잔인무도한 짓을 하고 있다. 스스로도 알고 있다.

아바마마가 명령하는 대로 죄가 있는지 없는지 확실하지도 않은 자를 처형하라 지시하고, 수인을 노예로 만들고—— 그리고 늑대 수인을 죽이기도 했다. 나는 계속해서 죄를 저지르고 있다.

아바마마의 명령이 틀릴 때도 있다는 것은 안다.

하지만 아바마마는 왕이었다. 왕이 정한 일은 옳다고 여겼다. 그래서 나는 계속 명령에 따랐다. 마음이 아파도, 옳지 않은 걸 알아도 나는 아바마마에게 거역할 수 없었다. 거역할 만한 힘도 없는 나는 분명 앞으로도 아바마마를 계속 따를 것이다. 그리고 계속해서 잔인무도한 짓을 할 것이다. 많은 원망과 증오를 살 것이다. 아니, 이미 샀을 것이다.

그런 나는 왕자라는 이유만으로 살해당하지 않은 채 살고 있다.

그렇게 생각하고 있으니 누군가가 문을 두드렸다.

"힉드 님, 폐하께서 보낸 전령이 왔습니다."

다음에는 아바마마가 내게 어떤 명령을 내릴까. 나를 어떻게 쓰려고 할까. ——어떤 명령이든 나는 실행하겠지. 그렇게 실행한 결과를 외면하고 싶어도, 나는 전부 받아들여야 한다.

3 소녀와 여로

목적지는 정해지지 않았다. 아토스 씨 대신 열심히 모두를 이끄는 시노룬 씨, 오샤시오 씨, 동구 씨가 그렇게 말했다.

모두가 안심할 장소를 찾는다고 했다. 그리폰들과 시포 역시 이렇게 많은 인원을 태울 수는 없기에 다 같이 걸었다.

그리폰과 시포는 우리가 위험에 처하지 않도록 주의하며 주변을 경계했다. 둘이 경계해 주는 게 큰 도움이 된다는 말을 들었다. 그리폰과 시포가 없었다면 이렇게 남하하는 것만으로도 큰 일이었을 거라고.

이동하면서 아토스 씨를 찾으러 갔었던 사람들이 인간에게 뒤를 밟힐 뻔했다는 이야기도 들었다.

마을로 돌아가고 싶어도, 돌아가면 마을 위치가 발각되기에 어떻게든 인간들을 따돌리려 했다고 한다. 그러던 차에 그리폰들이 찾아와서 인간들을 처리해 준 것이다.

어디로 가면 좋을지, 그것조차 모른다. 하지만 숲 남부는 인간의 손길이 닿지 않았을 테니까. 적어도 페어리트로프 왕국과 미가 왕국의 손길은 닿지 않았을 거라고 했다.

나는 내가 할 수 있는 일을 할 거다.

나만이 가능한 일을 힘껏 할 거다.

그리고 지키고 싶다. 더는 소중한 사람을 잃지 않게. 슬픈 일이 일어나지 않도록. 그러려면 나는 뭘 해야 할까.

◆

밤이 되었다. 마을에서 도망친 지 이틀째 밤이다.

어제는 란 씨가 내 손을 잡고서 잘 자라고 말해 줬다. 새끼 그리폰들도 옆에 있어 줬다. 어른 그리폰들과 어른 수인이 교대로 불침번을 섰다.

나도 돕고 싶었지만 아이는 자도 된다고 했다. 내가 계약한 모두가 불침번을 도와주는 것만으로도 고맙다면서.

그리폰들과 잠잘 준비를 하는데 갑자기 가이아스가 어딘가로 가는 것을 보았다. 아토스 씨가 사라졌을 때 뛰쳐나갔던 것처럼 가이아스가 어딘가로 가 버리는 건 아닐까 불안해서 쫓아갔다.

"가이아스!!"

확실하게 가이아스를 불러야 한다고 생각하여 외쳤다.

가이아스가 깜짝 놀란 얼굴로 나를 보았다.

그날 이후로 가이아스와는 제대로 이야기하지 못했다. 나도 가이아스도 아토스 씨가 죽은 것에 동요했고, 그 후 다 같이 마을을 떠나게 되어 정신이 없었다.

"레룬다…… 저번에도 생각했지만, 그렇게 큰 소리도 낼 수 있구나."

"응……. 소리, 내야 한다고, 생각했으니까……."

"그런가……."

"응……."

가이아스와 함께 땅바닥에 앉았다. 어느새 시포가 이쪽을 보고 있었다. 가이아스는 눈치채지 못한 것 같았다. 대수롭지 않게 지켜봐 주는 듯했다.

"아빠…… 죽어 버렸어."

"응……."

아토스 씨는 죽었다. 이제 만날 수 없다. 가이아스는 슬프게 얼굴을 찡그렸다.

"왜…… 아빠가 그렇게 죽어야 했던 걸까……. 우리가 수인이라서? 인간이 아니라서? 그렇다고 해도 어떻게 그런 심한 짓을 할 수 있는 걸까."

"응……."

나도 가이아스와 똑같은 생각을 했다.

인간이 아니라는 이유로 그렇게 죽어야만 한다는 게 이해가 안 갔다. 어째서 그렇게 심한 짓을 하는지 알 수 없었다.

나는 일어나서 가이아스를 꼭 껴안았다.

"레룬다……?"

"가이아스, 힘들어 보여. 힘들 때, 꼭 안아 주면, 안심되니까."

내가 그렇게 말하자 가이아스는 조용히 울었다. 소리 죽여 울었다. 나도 같이 울어 버렸다. 슬퍼, 왜 이런 일이 일어난 거지?라고 생각하며.

둘이서 실컷 울고 나서 진정되자, 나는 다시 가이아스 옆에 앉았다.

"……가이아스, 나, 할 수 있는 일, 잔뜩 할 거야."

"할 수 있는 일?"

"응. ……무슨 일이 생겼을 때, 목소리, 낼 수 있게 연습할 거야. 나, 다들 친절해서, 말, 서툰 거, 그대로 뒀었어. 하지만…… 그래선 안 된다고, 생각했으니까."

서툴지만, 무슨 일이 생겼을 때 목소리를 내고 지켜야 한다. 지키고 싶다면.

"좋은 생각 같아. 지금까지의 레룬다와 말투가 달라지면 처음에는 조금 어색할 수도 있겠지만."

"응……. 그리고, 내가 할 수 있는 일, 더 있으니까."

"……어떤 일인데?"

"……가이아스, 나를, 미워할지도 모르지만, 어쩌면 그럴지도 모르는 가능성, 얘기해도 돼?"

나는 그렇게 말하고서 옆에 앉은 가이아스를 조심조심 보았다. 가이아스는 무슨 소리인지 모르는 것 같았지만 "미워하지 않을 테니 얘기해 봐."라고 말해 줬다.

"……니르시 씨가 말했던, 신녀 얘기, 기억해?"

이 이야기를 누군가에게 하는 것은 무서웠다. 그래서 내 입으로 말하지 못했다.

"신에게 사랑받는 아이……라고 아빠가 말했던 거? 그게 나타나서 미가 왕국이 고양이 수인 마을을 습격했다고 했지?"

"응. 나…… 신녀, 일지도 몰라."

"뭐?"

가이아스가 깜짝 놀란 목소리를 냈다. 나는 무서워서 아래를 보며 말을 이었다.

"지금 보호받는 신녀는, 쌍둥이, 언니. 언니를, 데려갔지만…… 나, 옛날부터 신기한 일, 있었으니까."

"신기한 일……?"

"가이아스를 찾았을 때, 그 사람들, 나를, 건드리지 못했어."

"아, 그러고 보니 그랬지."

"엄마, 아빠…… 그리고, 마을 사람들. 나를, 때리려고 해도, 못 때렸어."

애초에 가이아스는 내게 그런 신기한 현상이 일어나는 것을 몰랐다. 나는 수인 마을에서 행복하게 지냈기에 그런 말을 할 필요도 없다고 생각했었다.

"나를, 때리는 거, 다들, 불가능해. 그래서 나, 가이아스를, 지킬 수 있었어. 그거, 신녀라 그럴지 모른다고, 란 씨가 그랬어."

목소리가 떨렸다. 가이아스가 날 미워하면 어쩌지.

"내가 있어서, 이것저것, 일어나는 걸지도 몰라. 그러니까, 미안해. 아토스 씨, 죽은 거, 나도, 원인일지도 모르니까……."

란 씨는 내 탓이 아니라고 말해 줬다. 하지만 신녀가 나타나서 벌어진 일이 아닐까 하는 생각이 들었다. 내가 신녀일지도 모른다는 것을 알고 가이아스는 어떻게 생각할까.
무서웠다.
무서워했지만 막상 내게 닿은 것은 상냥한 손길이었다.
그 손길이 머리를 쓰다듬는 것을 깨닫고 고개를 들어 가이아스를 봤다.
"나는 어리고, 신녀가 뭔지 솔직히 잘 모르겠어. 고양이 수인이 습격받은 건 분명한 사실이고 우리가 도망쳐야 하는 상황을 만든 계기일지도 몰라. 하지만── 그 신기한 힘으로 나를 지켜 줬잖아. 레룬다가 달려와 주지 않았다면 나는 죽었을 수도 있어."
"응……."
"그러니까 안 미워할 거야."
그 말을 듣고 안도했다.
만약 내가 신녀일지도 모른다는 사실을 알면 미워하지 않을까 무서웠다. 가이아스도, 다른 모두도 사랑하기에, 날 미워하면 어쩌나 두려웠었다.
"신녀는 특별하다고. 란 씨가, 그랬어. 신녀, 아닐지도 몰라. 하지만…… 신녀라면, 나, 노력하면, 모두를 지킬 수 있을 거야. 그러니까, 힘내서, 더는 잃지 않고, 싶어."
가이아스는 내 말을 듣고 진지한 표정을 지었다.
"……나도, 더는 이런 일이 안 일어나게 하고 싶어."
"응."
"……아빠가 죽은 뒤로 여러 생각을 했어."
"……응."

"수인이니 인간이니 관계없이, 소중한 사람이 이런 일을 겪지 않게 만들고 싶어."

"……응."

"무리일지도 몰라. 하지만 나는── 모두가 웃을 수 있는 장소를, 인간에게 습격받지 않고 살 장소를 만들고 싶어……."

가이아스가 쥐어짜는 듯한 목소리로 그렇게 말했다.

──모두가 웃을 수 있는 장소를, 인간에게 습격받지 않고 살 장소를 만들고 싶어…….

가이아스의 말을 머릿속으로 되풀이했다.

가이아스의 목표를 알고 정말 멋진 일이라고 생각했다. 정말로 모두가 웃으며 살 수 있는 장소를 만든다면 얼마나 행복할까.

수인이니까, 인간이니까, 그런 걸 따지지 않고, 소중한 사람들이 웃을 수 있는 장소를 만든다면.

아토스 씨가 그렇게 죽고 나서, 나는 그저 소중한 사람을 지키고 싶다는 생각밖에 못했다. 모두를 지키도록 강해지고 싶다고, 두 번 다시 소중한 이를 잃지 않게 힘을 기르고 싶다는 생각밖에 못 했다.

하지만 가이아스는 달랐다. 모두를 지키고 싶다는 생각은 가이아스도 했을 테지만, 거기서 그치지 않고 그 너머까지 생각하고 있었다. 가이아스는 대단하다.

"……말만 거창한 큰소리고, 바보 같은 몽상이겠지만."

"아니야!"

"레룬다……?"

나도 모르게 소리치며 벌떡 일어나니 가이아스가 놀란 표정을 지었다. 나는 가이아스 앞에 서서 말했다.

"나는…… 아주, 아주…… 멋진 일이라고 생각해!"

확실히 어려울지도 모른다. 아니, 분명 어려울 거다. 수인들보다 인간의 세력이 더 강하다. 그래서 아토스 씨가 그런 식으로 죽은 것이다.

꿈을 이루려면 얼마나 노력해야 할지 알 수 없다. 하지만――나는.

"나도……."

"레룬다?"

"나도! 그런 장소, 만들고 싶어."

나도 만들고 싶다고, 정말 멋지다고 생각했기에 목소리가 커졌다.

"모두가, 웃으며! 그리고…… 행복하게, 살 수 있는 곳을! 만들자!!"

내가 그렇게 말하자 가이아스는 웃었다.

"하하!"

"가이아스?"

"……레룬다, 불가능한 일이라고 생각하지 않는구나?"

"응, 왜냐하면, 만들고 싶은 마음, 진짜잖아? 나도, 만들고 싶어."

"응…… 그렇지."

내 말에 가이아스는 변함없이 웃으며 일어났다.

그리고 내 정면에 섰다.
"레룬다, 손 내밀어 줘."
갑작스러운 가이아스의 제안에 의아했지만 그 말에 따랐다.
내가 오른손을 내밀자 주먹을 쥐라고 했다. 순순히 주먹을 쥐었다. 그 주먹에 가이아스의 주먹이 맞닿았다.
이게 뭘까 생각하고 있으니 가이아스가 설명해 줬다.
"수인족은 대등한 상대와 맹세할 때 이렇게 한다고 아빠한테 들었어."
"맹세……?"
"그래. 반드시 이루고 싶은 일, 소중한 일을 맹세할 때 이렇게 한대."
가이아스는 그렇게 말하고 웃었다.
"레룬다, 나는……."
"응."
"아까 말한 그런 장소를 만들고 싶어. 아니…… 만들 거야."
"응! 나도, 같이 만들 거야."
"……그러기 위해 더더욱 강해지겠어."
"응……. 나도, 지키기 위해, 강해질 거야."
"그런 장소를 만들려면 어떻게 해야 하는지, 구체적으로는 모르겠지만……."
"어른들에게, 상담하자. 가이아스는, 혼자가 아니니까."
"그래, 맞아." 둘이서 마주 보고 그런 대화를 나눴다.
그리고 가이아스는 숨을 들이마시고 큰 목소리로 말했다.

"나는 절대, 무슨 일이 있어도, 더는 아빠처럼 사람들이 죽게 놔두지 않을 거야. 그러니 모두가 웃으며 지낼 장소를 반드시 만들겠어!!"

가이아스가 나를 보았다. 나도 그에 답하듯 외쳤다.

"응. 나는, 그걸 도울 거야. 나도, 만들고 싶으니까! 그리고, 소중한 사람들을, 모두를 지킬 수 있을 만큼, 강해질 거야!!"

주먹을 맞대고 둘이서 그렇게 맹세했다.

어려울지도 모른다. 어쩌면 이루어지지 않을지도 모른다. 하지만 그런 장소를 만들고 싶다는 마음은 분명하니까. 그런 멋진 장소를 함께 만들어 나가고 싶다고 진심으로 생각했다.

나와 가이아스, 둘만의 맹세를 들은 것은 이쪽을 살피던 시포와 하늘에서 반짝이는 별들뿐이었다.

"그런가."

"그래요…… 레룬다와 가이아스는 그렇게 생각하는군요."

――수인들이 안심하고 살 곳을 만들고 싶다.

둘이서 맹세한 다음 날, 그 다짐을 전한 우리를 동구 씨와 란 씨는 비웃지 않았다. 나도 가이아스도 어린아이일 뿐이고, 이루어질지도 알 수 없는 허무맹랑한 꿈이었다. 그저 만들고 싶다고 입 밖에 냈을 뿐인 우리의 꿈.

그것을 동구 씨와 란 씨는 받아들여 줬다.

"그건, 어려운 일이야."

동구 씨는 심각한 얼굴로 말했다.

"어렵지만…… 좋은 꿈이야."

"네, 좋은 꿈이에요. 그 꿈을 이루기 위해서, 우선 앞으로 어떻게 움직일지 생각해야 해요. 가이아스와 레룬다가 바라는 미래를 위해서도 우리가 안정된 생활을 해 나가는 게 중요해요."

란 씨도 그렇게 말했다.

꿈을 이루려면 우리가 안정된 생활을 해 나가는 게 중요하다고.

"응."

나와 가이아스는 동구 씨와 란 씨의 말에 나란히 고개를 끄덕였다.

"우리는 지금 도망자예요. 그리폰들과 시포, 모두가 있어서 운 좋게 안전히 나아가고 있지만, 솔직히 앞으로 어떻게 될지 몰라요. 무슨 일이 생겼을 때, 아직 어린 레룬다와 가이아스 마저 전력으로 쳐야 할 만큼 심각한 상황임이 틀림없어요."

란 씨는 도망자라고 말했다. 우리는 도망자. 도망치는 길밖에 없어서 도망쳤다.

지금은 어떻게든 나아가지만, 앞으로는 어떻게 될지 모른다.

란 씨는 가이아스와 나를 한 명의 사람으로 여기고서 어려운 이야기를 해 주었다. 그저 보호받기만 하는 게 아니라, 상황을 제대로 알고 싶은 내 마음을 알아줬다.

"두 사람의 꿈은 이루기 어려워요. 하지만—— 그게 이루어진다면 얼마나 멋질까요. 저는 두 사람이 바란 그 꿈이 이루어지는 순간을 보고 싶어요. 그렇기에, 두 사람이 정말 포기하지 않고 꿈을 이루려는 노력을 계속한다면 저도 도와드릴게요."

란 씨는 우리의 꿈을 이루는 건 어렵다고 분명하게 고하고서 다정하게 웃었다.

란 씨의 말을 듣고 노력하겠다고 다짐했다. 물론, 내 상상보다 훨씬 더 어려울 것이다. 하지만 그래도 이루고 싶다.

"나도…… 그 꿈을 이루는 데 협력하겠어."

동구 씨도 그렇게 말해 줬다.

"단, 란이 말한 것처럼…… 지금 생활이 안정되는 게 중요해."

동구 씨의 말을 듣고 나도 가이아스도 고개를 끄덕였다.

맹세를 이루기 위해서 우리는 미래뿐 아니라 현재를 봐야 했다.

◆

하지만 맹세한 뒤로도 도피 생활은 변함이 없었다. 정처 없이 여행을 계속했다. 앞으로 어떻게 할지 의논이 이어졌다.

어딘가에 마을을 만드는 것도 괜찮지 않겠냐는 말이 나왔지만, 페어리트로프 왕국이나 미가 왕국과 가까운 곳은 위험할 수도 있어서 일단 계속 걷는 나날이 이어졌다.

시노미, 카유, 이루케사이와 다른 아이들.

다들 불안해했고 다리가 아프다며 울 때도 있었다. 걷기 힘들어 하는 아이를 그리폰들에 태우기도 했다.

우리가 지금 안전하게 나아가는 건 그리폰과 시포가 있기 때문이었다. 그래서 한 마리라도 경계에서 빠지면 행군 속도를 조금

늦춰야 했지만, 그것도 어쩔 수 없는 일이라며 다들 받아들였다.
나는 그리폰들이나 시포의 등에 안 타고 스스로 걸으려 했다.
"시포, 레이마, 고마워."
"히히힝(신경 쓰지 않아도 돼)."
"그륵그륵그르르륵그르르르륵(어린아이에게 이 여행길이 힘든 건 당연해. 레룬다는 괜찮아?)."
"나는, 괜찮아."
나는 더더욱 강해져야 하니까 이럴 때마다 모두에게 의지해서는 안 된다. 나는 좀 더 내 발과 손으로 노력해야 한다.
그러기 위해서도 모두의 불안을 조금이나마 없애고 싶었다.
어른들도 불안해 보이지만 아이들은 훨씬 불안한 것 같았다. 그래서 친구들의 기운을 북돋아 주고 싶었다.
나는 앞으로 가이아스와 한 맹세를 이루기 위해, 소중한 것을 지키기 위해 행동할 거다.
우리는 어디로 가게 될까. 앞으로 무엇을 보게 될까.
미래는 불확실했다.
지내던 마을에서 도망친 지금, 우리는 안식처를 잃었다.
밤에는 마물 울음소리가 들려서 불안할 때가 많았다.
그리폰들과 시포는 나의 가족이 되고 계약도 맺어 줬지만, 모든 마물과 이렇게 친해지리란 불가능에 가까우리라. 사람도 여러 유형이 있어서 모든 이와 친해질 수 없는 것처럼, 마물도 여러 종류가 있으니 말이다.
나는 우선 정해 둔 목표를 위해 행동하기로 했다.

"우리는…… 앞으로 어떻게 될까."

시노미가 품고 있던 불안을 말했다.

"모르겠어. 하지만……."

나는 시노미를 보며 말을 이었다.

"괜찮아. 어떻게든, 될 거야."

내가 그렇게 생각하는 것은 모두가 있기 때문이었다. 모두가 있으면 어떤 일이 닥쳐도 괜찮다. 부모님이 버려서 혼자가 되었을 때도 어떻게든 됐었다.

불안했지만, 그리폰들과 시포, 수인들과 만날 수 있었다. 모두가 있다면 뭐든 할 수 있을 것 같았다.

"모두가, 있으니까. 그러니까, 괜찮아."

"……응."

"……나도, 시노미를, 지킬 거야."

"지킨다고?"

"응……. 모두를, 지키는 거. 내, 목표."

"그렇구나."

"응."

"나도, 지킬 수 있을까……."

"노력하면, 할 수 있어."

시노미도 지키고 싶다고 했다.

하고자 한다면 분명 가능할 거라고 믿는다. 아니, 믿고 싶기에 그렇게 대답했다.

◆

얼마나 시간이 지났을까.

날짜 감각이 모호해져 갔다. 란 씨에게 물어보니 벌써 두 달이나 지났다고 했다.

그렇게 많이 지난 것 같지 않았는데. 두 달간 줄곧 걸었으니 숲의 끝이 보일지도 모른다고 란 씨가 말했다.

숲의 끝.

그렇구나. 영원히 계속될 것처럼 보여도 끝이 있구나.

고향, 그리폰들의 둥지, 수인 마을, 숲. 내 세계는 거의 그게 전부였다. 그 세계에 새로운 장소가 추가될지도 모른다.

앞으로 어떻게 될지 불안하기는 하지만, 모두와 함께 처음 보는 곳에 도착할지도 모른다. 그렇게 생각하니 조금 설레었다.

이 앞에 무엇이 기다릴지 아무도 모른다. 하지만 모두가 있으니 괜찮을 것이다.

"새롭게 마을로 삼을 곳을 발견할지도 몰라요."

"응……."

"정착할 만한 곳을 찾으면 수인 마을에서 지냈을 때처럼 생활할 수 있을 거예요."

란 씨는 그렇게 말하고 내 손을 꽉 잡아 줬다.

어른들은 조금이라도 안전한 장소를 발견하면 거기서 한동안 생활하자고 결론을 낸 듯했다. 뒷일은 휴식하고 나서 생각하자고 했다.

한곳에 자리를 잡으면 불안도 조금은 사라질 테니 다들 미소 지을까. 나는 새삼 모두의 웃는 모습을 보는 게 좋다고 생각했다. 그러면 마음이 따뜻해져서 계속 그 상태로 있고 싶기 때문이다.

조금이라도 모두가 웃을 수 있도록.

조금이라도 모두와 함께 있을 수 있도록. 그러기 위해서 나는 —— 힘낼 거다. 그러니 어서 새로운 거점을 찾아서 다시 느긋하게 지내면 좋겠다.

한동안 나아간 끝에 커다란 호수에 도착했다. 란 씨는 어쩌면 숲의 끝이 보일지도 모른다고 했지만, 끝을 드러내진 않았다. 그 대신 숲속엔 거대한 호수가 있었는데, 이런 호수는 처음 봤다.

아무튼 이곳을 임시 거점으로 삼고 생활하기로 했다.

계속 이동하느라 지친 모두에게는 휴식이 필요했다.

그래서 일단 이곳에 거점을 만들기로 했다. 호수에는 물고기가 살아서 식량을 조달하기 쉽다는 이유도 있었다.

어른들은 그리폰 몇 마리와 함께 주위를 탐색하러 갔고, 남은 사람들은 다 같이 잠잘 공간을 만드는 등 이것저것 준비했다. 나도 열심히 노력했다. 신체 강화 마법은 이런 작업에도 도움이 됐다. 모두를 도울 수 있어서 기뻤다.

그곳에서 잠잘 곳을 만들고 밥을 지으며 생활을 시작한 우리는 어떤 종족과 만났다.

막간 왕녀와 새로운 만남

페에리트로프 왕국의 왕녀인 나, 니나에프 페어리는 변방 땅 아나로로에서 아군을 만드는 데 열을 올리고 있었다.
아군이 조금씩 늘어나는 것 같지만, 솔직히 잘 모르겠다. 내 생각에는 잘 풀리고 있는 것 같아도 실제로 어떤지는 모른다.
내 편이라고는 말하지만 언제까지 아군으로 있어 줄지는 모르니까. 단순히 왕녀라는 지위를 보고 다가온 자도 많을 터다. 하지만 왕녀라는 지위를 빼면 나는 무가치할 것이다.
좀 더 힘이 있었다면 제대로 움직일 수 있었을까. 신녀를 타이를 수 있었을까.
변함없이 왕국 내에서는 재해가 일어나 소란스러웠다. 쓴소리하는 사람 없이 신녀가 즐겁게 생활한다면 이런 재해나 불길한 일은 일어나지 않아야 할 테지만…….
신녀님이 그렇게 제멋대로인 아이가 아니라 좀 더 말귀를 알아듣는 분이었다면 좋았을 텐데…… 하고 생각할 수밖에 없었다.
이 나라는 어떻게 될까.
미가 왕국과의 관계는 악화되고 있었다. 국경 근처에서 미가 왕국의 병사가 보인다고 영주들이 이야기하는 것도 들었다.
페어리트로프 왕국 병사가 출입하는 숲에서도 미가 왕국 병사를 봤다며 주민들도 불안이 큰 것 같았다. 나도 앞으로 어떻게 될지 불안했다.

그런 가운데, 아바마마가 보낸 편지가 도착했다.

그 편지에는 국경과 인접한 도시에 미가 왕국의 왕자가 머문다고 하니 가능하면 접촉하라는 내용이 적혀 있었다.
나라의 상층부에는 미가 왕국과의 전쟁을 바라는 자도 있지만, 아바마마는 바라지 않을 것이다.
신녀를 중요하게 생각하고 있을 테고, 신녀에게 무슨 일이 생기면 큰일이니 신녀의 비위를 건드리지 않으려 했다. 신녀가 있다고 해서 타국과 전쟁을 일으킬 생각은 없을 것이다.
왕자와 교류하면 미가 왕국과의 전쟁은 피할 수 있을지도 모른다……. 그런 희망을 품고 내게 편지를 썼으리라.
편지를 보낸다고 해서 그 왕자가 날 만나 줄지는 알 수 없다. 변방으로 쫓겨난 걸 보면 왕위 계승권이 낮은 왕자겠지만.

——편지를 보냈는데 예상외로 금세 답장이 왔다.
그 왕자도 뭔가 신경 쓰이는 것이 있었는지, 서로 호위를 대동하고 국경과 인접한 마을에서 만나기로 했다.
물론 위험하다는 의견도 있었지만, 나는 향후를 위해서도 미가 왕국에 연줄을 만들어 두는 편이 좋겠다고 생각했다.

만나지 않겠냐는 내 제안을 그 왕자도 용케 승낙했다고 솔직한 생각을 하고 말았다.

이윽고 촌장의 집을 빌려 그곳에서 회합이 열렸다.

7왕자 힉드 미가 님과 만났다.

힉드 님과 만나는 것은 처음이었는데, 나는 제5왕녀고 힉드 님은 제7왕자이니 나라 차원에서 보면 서로 그다지 중요하지 않은 왕족인 것도 있으리라.

제1왕녀나 왕자 같이 왕위 계승권이 높은 왕족끼리는 교류가 있고, 나도 미가 왕국의 왕태자는 알았다. 초상화도 돌아다녔다. 그리고 미가 왕국과는 국교를 맺어서 왕태자가 페어리트로프 왕성을 찾아오기도 했다.

하지만 미가 왕국의 3왕자 이하 사람과는 만난 적도 없고 초상화도 나돌지 않았다.

마찬가지로 페어리트로프 왕국의 왕태자인 오라버니나 1왕녀인 언니는 타국에 알려졌을 테지만, 나는 그렇지 않을 것이다. 그렇게 생각하면 서로 나이차는 두 살 있지만, 나와 힉드 님은 입장이 비슷한 것 같았다.

처음 만난 힉드 님은 열두 살 나이에 걸맞지 않은 근심 어린 눈이 인상적이었다.

왕족은 시정의 아이와는 다르게 큰다. 평범한 아이들보다 좋은 생활을 하지만, 왕족의 의무가 있는 만큼 여러 경험을 한다. 그렇기에 힉드 님의 눈은 이토록 차가운 빛을 띤 걸지도 모른다.

아름다운 은발을 지닌 인형 같기도 했다. 근심 어린 차가운 표정 때문에 더더욱 인형처럼 보이는 걸지도 모른다.

힉드 님은 우선 숲에서 소란을 피워 미안하다며 사과했다. 그리고 우리 나라와 전쟁을 벌일 생각은 없다고 전했다.

우리 나라가 신녀를 보호하고 있는 것을 알기에 미가 국왕이 그렇게 말하라고 했을 것이다. 일반적으로 생각해 보면 신녀를 적으로 돌리려는 자는 없다.

신에게 사랑받는 존재인 신녀에게 불쾌감을 줄 수는 없으니까.

하지만 힉드 님은 때때로 내게 하고 싶은 말이 있다는 듯한 표정을 지었다. 역시 뭔가 신경 쓰이는 점이 있는 걸까. 호위가 있는 자리에서는 말을 꺼내기 어려운 눈치였다. 힉드 님이 말하고 싶어 하는 것이 무엇일지 궁금했다.

촌장의 집을 떠날 때, 힉드 님은 "또 뵙기를 바랍니다." 하고 인사하며 손을 내밀었다. 악수하자는 것임을 깨닫고 나도 손을 내밀었다.

악수를 끝내자, 손에는 종이 한 장이 쥐어져 있었다. 호위에게 들키지 않도록 태연한 표정을 유지하며 그것을 소매 속에 숨겼다.

그렇게 힉드 님과 나의 만남은 끝났다.

방으로 돌아온 나는 아까 받은 종이를 꺼냈다. 접힌 종이를 펼치고 글자를 훑어보았다.

종이에 적힌 것은 단 한 줄이었다.

하지만 그 한 줄은 나를 경악시키기 충분했다.

거기에는 '귀국의 신녀님은 정말로 신녀님인가?' 라고 적혀 있었다.

——귀국의 신녀님은 정말로 신녀님인가?

그 의미를 줄곧 생각했다.

원래 같았으면 너무나 무례하고 불경하다고 분개해야 마땅할 말이었다. 신관이 신탁을 받고 찾아낸 정식 신녀니까. 그걸 의심하는 것은 신을 적으로 돌리는 것과 같았다.

하지만 나는 '정말 앨리스 님이 신녀가 아니라면?' 이라는 가능성을 깨닫고 말았다.

페어리트로프 왕국에서 신녀인 앨리스 님을 보호하는데도, 왕국 내에서는 천재지변이라고 할 일들이 적잖이 일어나고 있었다. 왕국은 그 원인을 신녀인 앨리스 님을 불쾌하게 만들었기 때문이라고 생각했다. 하지만 그 전제가 틀렸다면——앨리스 님이 신녀가 아니라면.

——신탁은 옳을 것이다. 굳이 거짓말로 신녀를 만들어 낼 이유는 없으니까.

앨리스 님이 신녀가 아닐 가능성이 정말 있을까. 데려올 때 잘못 데려온 건가? 확실히 있을 법한 일이다. 신관들은 신탁을 받은 반동으로 다들 쓰러졌으니까.

애초에 왜 힉드 님은 앨리스 님이 신녀가 아닐지도 모른다고 생각한 걸까. 힉드 님에게 묻고 싶었다.

페어리트로프 왕국의 왕녀로서도, 니나에프 개인으로서도 알고 싶었다.

――안다고 해서 5왕녀인 내가 뭘 할 수 있을지는 모르겠지만, 진실이 알고 싶으니까.

하지만 굳이 남들 몰래 내게만 고한 것을 보면, 힉드 님은 신녀가 의심스럽다는 것을 미가 왕국의 다른 누구와도 공유하지 않은 듯했다. 즉, 지금 미가 왕국에서 신녀를 의심하는 사람은 힉드 님밖에 없을 것이다. 실제로 공론화하기에는 영향력이 너무 큰 일이었다.

하지만 미가 왕국 입장에서는 페어리트로프 왕국이 보호한 신녀가 가짜인 편이 좋을 터다. 미가 왕국도 신녀를 탐내고 있으니까.

그렇기에 신녀가 가짜라는 게 알려지면 미가 왕국이 의기양양하게 규탄할 안건이었다. 그런데 왜 힉드 님은 그것을 다른 사람들과 공유하지 않는 걸까. 그리고 왜 내게만 전했을까.

신경 쓰였다. 이유를 알고 싶었다.

그래서 나는 '힉드 님을 만났고, 더 친해지고 싶다.' 라는 편지를 적어 아바마마께 보냈다. 미가 왕국과의 전쟁을 바라지 않는 아바마마라면 내 편지를 읽고 힉드 님과 나를 가까운 사이로 만들려고 할 것이다. 나와 힉드 님은 비록 발언력은 약해도 왕족이니까.

힉드 님에게 받은 종이 이야기는 적지 않았다. 앨리스 님이 신녀가 아닐지 모른다는 것도. 정말로 앨리스 님이 신녀가 아니라는 확신이 들면 전할지도 모르겠지만, 지금은 말할 타이밍이 아니다.

앨리스 님을 신녀로만 보는 사람들이 이 정보를 알면 어떻게 나올지 모른다는 생각도 들었다.

――나는 앨리스 님의 제멋대로인 성격이 싫다. 하지만 앨리스 님은 아직 어린아이였다.

몇 달 전, 앨리스 님 생일에 옷으로 얼굴을 가린 신녀를 공개했다. 신성한 신녀의 얼굴을 드러내선 안 된다는 게 이유였다. 이렇게 공표까지 한 신녀가 가짜라면―― 거기까지 생각했다가 퍼뜩 정신이 들었다.

외모에 관한 소문이 돌긴 했지만, 아직 왕도 주변에만 퍼져 있었다. 이 변방 땅에는 신녀가 나타났다는 소문 정도만 돌았다. 혹시 신전은 신녀가 가짜일지도 모른다고 눈치챈 게 아닐까. 어디까지나 추측이지만 그럴 가능성이 있었다.

만약 그게 정말이라면 앨리스 님을 신녀로 보호하고 나서 뒤늦게 진짜가 아님을 눈치챈 걸까. 그렇다면 진짜 신녀는 어디 있을까.

여러 의도가 복잡하게 뒤얽혀서 머릿속이 혼란스러웠다.

사실을 확인하고 어떻게 해야 할지 생각해야 했다. 최악의 경우, 앨리스 님은 죄가 없는데도 신녀라고 속였다며 단죄당할 가능성이 있다.

가장 먼저 해야 할 일은 힉드 님과 이야기하는 것이다. 아바마마의 답장이 그 계기를 만들어 주면 좋겠다.

그렇게 생각하며 나는 아바마마의 답장을 기다렸다.

얼마 후에 도착한 편지에는 힉드 님과 나의 약혼을 진행한다는 것과—— 앨리스 님의 모친이 병에 걸려 몸져누웠다는 소식이 적혀 있었다.

4 소녀와 엘프

그 만남이 있기 전부터 조짐이 있었다.

"어머…… 불을 피운 흔적이 있어요."

숲속 생활 중에 다른 사람의 흔적이 종종 보였다. 누군가가 근처에서 살고 있는 게 아닐까 하는 느낌이 들었다.

작디작은 흔적이지만 확실히 누군가가 있음을 알 수 있었다.

그걸 알았을 때, 솔직히 나는 불안했다. 아토스 씨가 사라진 것이 떠올랐다. 사랑하는 사람이 또 없어져 버리는 건 아닐까, 못 만나게 되는 건 아닐까 하고 생각하니 무서웠다.

"……적어도 페어리트로프 왕국과 미가 왕국의 인간은 아닐 거예요. 양국 모두 이곳을 미개척지로 여기니까요. 이곳에 사는 게 어떤 사람일지 솔직히 상상이 안 가네요. 얘기가 통하는 상대라면 좋겠는데."

란 씨는 그렇게 말했다. 페어리트로프 왕국과 미가 왕국 사람은 이 숲에 없다고 했지만, 정말 그럴까. 그렇다면 여기엔 누가 있는 걸까.

"……그렇구나."

이 호수에 도착해 한숨 돌린 뒤로부터 예전보다 말을 잘하게 된 것 같다. 모두와 잔뜩 이야기하는 게 내 일과가 되었다. 조금씩이지만 상황이 좋아지고 있는 게 분명하다.

호숫가 생활은 그런대로 안정적이었다. 다들 불안은 많았지만 웃음이 늘었다. 모든 일이 좀 더 잘 풀리면 좋겠다. 모두를 지키고 싶다는 소망이 흘러넘쳤다.

하지만 모든 일이 금세 잘 풀리지는 않는다. 그건 알고 있었다. 그러니 안달 내지 말고 조금씩이나마 좋아지는 것을 기뻐해야 했다.

누군가가 근처에 살고 있다. 그것을 불안하게 여기면서도 나는 평온한 시간을 보냈다. 그러자 그 누군가가 접촉해 왔다.

◆

그때 나는 새끼 그리폰 남매인 레마, 루마와 함께 있었다. 아직 이 주변을 확실하게 파악하지 못했으니 혼자 멀리 가지 말라고 해서, 호수 근처에서 둘과 함께 수면을 바라보았다.

나는 여기 온 이후로 처음 호수를 보았다. 커다란 물을 들여다보면 내 얼굴이 비쳤다. 물고기도 조금 보이고, 수면에 나뭇가지가 떨어지기도 하고, 보고 있으면 뭔가 신기한 기분이 들었다.

어른 수인들이 잡아 온 사냥감을 해체하는 모습이 시야에 들어왔다. 성체 그리폰들은 대부분 어른들과 함께 나가 있었다.

몇 마리는 이곳에 남았지만.

무리하지 말라고 말은 해 뒀다. 왜냐하면 그리폰들에 대항하는 존재가 있을 수도 있기 때문이었다. 그래서 정말로 무리일 것 같으면 도망치라고 다짐을 받았다. 소중한 가족이 사라지면 슬프니까.

"레마, 루마, 바람, 기분 좋다."

"그륵그르륵(기분 좋아)."

"그륵(응)."

두 마리가 씩씩하게 대답했다. 지금까지는 서로 말하지 않아도 소통에 문제가 없어서 얘기하지 않고 느긋하게 있을 때가 많았지만, 최근에는 그리폰들과 시포에게 말 거는 횟수를 의식적으로 늘렸다.

여유롭고 온화한 시간.

나는 그 시간이 쭉 계속될 거라고 믿어 의심치 않았다. 오늘도 아무 일 없이 평온한 하루가 될 거라고 생각했다.

하지만 아니었다.

"그륵그르르르르르!! (누군가가 있어!!)"

"그르르르르르(레룬다, 뒤쪽에)."

레마와 루마가 소리를 냈다. 상황 파악이 안 됐다. 조금 떨어진 곳에 있던 어른들이 놀란 얼굴로 내 뒤를 보고 있었다.

나는 조심조심 돌아보았다.

"……인간 아이인가."

"저쪽에 있는 건 수인들이군."

처음 보는 사람들이 있었다. 인간은 아니었다. 하지만…… 낯익은 수인들도 아니었다. 동물 귀와 꼬리는 없었지만 내 시선은 그 사람들의 귀에 고정되었다. 인간보다도 길고 뾰족한 귀다.

할머님과의 수업에서 배운 적이 있다. 아마 이들은 엘프라고 불리는 종족일 것이다.

처음 보는 엘프의 등장에 깜짝 놀랐다.

그와 동시에 나를 보는 차가운 눈빛에, 아니, 나뿐만 아니라 수인들을 보는 시선도 차가워서 깜짝 놀랐다.

어째서 이런 눈길을 보내는 걸까.

신비로움과 동시에 무섭기도 했다.

"——우리는 오래전부터 이 땅에 살고 있다. 너희는 나중에 온 자들이다. 그래서 우리는 너희에게 이야기를 들으러 왔다. 왜 수인이…… 그것도 인간 따위를 데리고서 이곳에 있지? 대답해 줘야겠어."

여러 엘프 중에서 리더로 보이는 사람이 나오더니 차가운 목소리로 그렇게 말했다.

나는 엘프라는 종족을 자세히 모른다.

아는 정보라고는 할머님에게 배운 것뿐이다.

엘프는 마법이 특기인 종족이라고 했다. 정말인지 겉모습만 봐서는 알 수 없었다. 다만 수인들보다 몸이 가늘고 호리호리했다.

수인들은 몸이 탄탄해서 엘프와 비교해 보니 전혀 달랐다.

나는 뾰족한 귀를 신기하게 쳐다보고 말았다. 인간의 귀는 뾰족하지 않고, 수인의 귀는 동물 귀였다.

“레룬다, 괜찮아?”

걱정됐는지 가이아스가 내 곁으로 달려왔다. 옆에 서서 차가운 눈길을 보내는 엘프를 노려보았다. 가이아스뿐만이 아니었다. 다른 사람들도 이쪽으로 와 줬다.

그리고 동구 씨가 대표로 엘프 앞에 섰다.

나와 가이아스는 이야기를 들으려고 근처에 있었다. 엘프가 왜 어린애가 있냐는 눈으로 보았지만, 이야기를 듣고 싶었기에 조금 무서워도 근처에 있었다. 다른 아이들은 엘프에게 겁을 먹고 다른 어른들과 함께 있었다.

“……우리는 살던 곳에서 쫓겨났어.”

동구 씨는 말을 고르면서 엘프에게 설명했다. 엘프의 눈은 대체로 초록색이었다. 약간 다른 색도 있지만 초록색 비슷한 게 많았다. 머리는 보통 금색인 걸까. 굉장히 예뻤다.

가늘게 뜬 초록색 눈은 차가웠다. 하지만 엘프 입장에서 생각해 보면 자기들이 살던 곳에 갑자기 모르는 사람이 찾아온 거니까 어쩔 수 없을지도 모른다.

나도 내가 살던 곳에 새로운 사람이 찾아오면 깜짝 놀랄 거다. 그래서 눈빛이 차가운 걸까. 차가운 시선이 따뜻하게 바뀌면 좋겠다, 엘프와 친해지고 싶다.

“여기까지 도망쳐 오다가 이 호수에 도착했어. 여긴 우리가 생활하기 좋은 곳이었어.”

"흠……."

동구 씨의 말에 엘프가 고개를 끄덕였다.

우리가 어째서 여기 있는지 알면 경계심이 사라지지 않을까 싶었다. 하지만 엘프의 눈빛은 여전히 차가워서 불안해졌다.

엘프는 무슨 생각을 하고 있을까. 어째서 저렇게 무서운 표정을 짓고 있을까. 어떻게 하면 웃어 줄까.

"그런 거라면 우리 마을에 오지 않겠나?"

입을 다물고 생각에 잠겼던 엘프가 그렇게 말했다.

엘프 마을에 갈 수 있다니 멋진 일이다. 하지만 근처에 엘프 마을 같은 게 있었던가? 다 같이 주변을 탐색했을 텐데, 누군가가 사는 흔적은 찾았어도 마을은 아무도 발견 못 했었다. 마을이 그렇게까지 발견되지 않을 수가 있나 싶어서 조금 이상했다.

어른 수인들은 그 말에 잠시 침묵했다. 다들 무슨 생각을 하는 걸까. 내 생각에 엘프 마을에 가는 건 좋은 일 같은데, 뭔가 걸리는 게 있는 걸까.

엘프의 눈빛이 여전히 차갑기 때문일까? 반대로 엘프는 왜 우리를 마을로 초대하는 걸까? 같이 살려고? 하지만 곰곰이 생각해 보니 그런 말은 한마디도 하지 않았다.

동구 씨는 엘프의 제안에 고개를 끄덕였다. 엘프는 내일 데리러 오겠다고 말하고서 떠났다.

엘프가 떠나고, 우리는 모여서 의논했다. 제안을 수락해도 되는 거냐는 말도 나왔다.

"괜찮을지 안 괜찮을지는 아직 몰라. 다만 우리에게는 선택지가 없어. 이대로 정착할 장소를 찾지 못하면 누군가가 목숨을 잃을지도 몰라. 나는 이게 최선의 선택이라고 생각해."

동구 씨는 그렇게 말하고 한 명 한 명 눈을 맞췄다.

"하지만 엘프는 배타적인 종족이라잖아. 정말 괜찮은 거야?"

니르시 씨도 그렇게 말했다. 마을이 습격당해 도망치고, 그렇게 도망친 곳에서도 쫓겨난 니르시 씨는 누구보다도 앞날에 불안을 품고 있을지도 모른다.

니르시 씨의 말에 찬동하는 이가 많았다.

"나는 동구 의견에 찬성이야. 이대로 정처 없이 헤매는 것보다 일단 한곳에 머무는 편이 나아. 니르시가 말했듯 엘프는 배타적인 종족이지만 비정한 종족은 아닐 거야. 똑같이 피가 흐르는 자야. 그러니 엘프의 상냥함을 믿고서 가 보는 것도 좋겠지."

"할머니, 하지만 뭔가 꿍꿍이가 있는 거면 어쩌려고?"

"그건 그때 가서 생각해야지. 그리고 만약 꿍꿍이가 있더라도 우리를 받아들일 마음이 있다면 어떻게든 될 거야. 이것도 인연이야. 엘프에게 이 주변 정보를 듣고 싶기도 하고 말이지."

할머님은 그렇게 말하며 미소 지었다.

'정말로 엘프와 함께 가도 되느냐' 라는 의견도 많았다. 하지만 동구 씨와 할머님의 말을 듣고 엘프 마을에 가야 한다는 의견이 이긴 듯했다. 나와 가이아스는 솔직히 어느 쪽이 좋은지 몰랐다.

나는 엘프와 친해지고 싶었지만, 가이아스가 정작 엘프는 그렇지 않을지도 모른다고 했다. 그제서야 나는 그럴 수도 있겠다는 가능성을 깨달았다.

마을에 초대해 줬지만 우리와 친해지고 싶어서 초대한 건 아닐지도 모른다. 가도 되는 건지 사람들이 불안해하는 건 그래서일까.

나는 엘프와 사이좋게 지내고 싶은데, 불가능한 일일까.

"……친해지고 싶어."

"그럼 친해지도록 노력하자."

내 말에 가이아스는 그렇게 대답했다.

엘프와 친해질 수 있을까.

엘프 마을은 어떤 곳일까. 엘프 마을에 도착하면 뭔가가 달라질까?

"수인은 신체 능력이 좋고, 엘프는 마법이 특기야. 그러니까 친해져서…… 함께 살아간다면 멋질 거야."

수인과 엘프, 각자의 특성을 고려하여 손을 맞잡는다면 멋질 것이다.

"그러게. 응, 아주 멋진 일이야."

"응, 친해지고 싶어."

'친해지면 좋겠다.' 이튿날 엘프 마을에 가리라고 생각하니 내 머릿속이 그 바람으로 가득 찼다.

"친해지고 싶다는 레룬다의 마음은 이해해요. 레룬다는 착한 아이니까요. 하지만 친해지고 싶다고 해서 반드시 친해질 수 있는 건 아니에요. 저는 이번에 엘프를 처음 봤지만, 엘프와 인간 사이에도 대립이 있는 건 분명해요. 인간은 엘프조차 노예로 만들어 버리니까요. 페어리트로프 왕국에는 엘프 노예가 별로 없긴 했지만 분명 있었어요…….”

엘프와 사이좋게 지낸다면 멋질 거라는 생각을 전하자, 란 씨가 그렇게 말했다.

내 쪽에서 아무리 친해지려고 해도 거기에 화답해 줄지는 알 수 없다고.

란 씨가 내 눈을 똑바로 보고 말을 이었다.

“……엘프가 무슨 생각으로 우리를 초대했는지 현재로서는 몰라요. 적의를 가진 것 같지는 않았지만 우리 편은 절대 아니에요. 그러니까…… 어쩌면 큰일이 벌어질지도 몰라요.”

“큰일?”

내가 묻자, 란 씨가 이렇게 말했다.

“어쩌면 인간에게 붙잡히는 것보다 험한 일을 당할 수도 있어요.”

“……그렇게나 큰일을?”

“네. 어디까지나 가능성이지만…… 적의가 없더라도, 우리에게 불리한 일을 요구할 수도 있어요. 다정해 보여도 진의는 다를 수도 있고요. 그렇기에 경계심을 가질 필요가 있어요.”

경계심……. 결과만 놓고 보면 나는 그리폰들, 시포와 계약했고 수인들과 친해졌지만, 그건 그저 운이 좋았기 때문이었다.

고향에 있었을 때도 운이 좋았던 적이 많았다. 요즘, 내가 신녀가 맞다면 그 능력은 운을 좋게 하는 게 아닐까 하는 생각이 들었다.

하지만 언제나 그런 것은 아니어서, 가만히 있어도 모든 게 잘 풀린다거나 하지는 않았다. 그건 지금까지 있었던 일을 보면 알 수 있다. 하지만 확실히 다른 사람보다는 운이 좋은 것 같았다. 그래서 내가 사는 곳은 농사가 잘되는 거겠지.

……내가 남들보다 살짝 운이 좋다면, 내가 만난 엘프도 좋은 사람일 확률이 높지 않을까.

그렇게 란 씨에게 말하자 "그건 모르는 일이에요."라는 대답이 돌아왔다.

"그런가."

"뭐, 엘프와 친해질 수 있다면 그게 가장 이상적이지만요. 그렇게 되도록 노력해요."

"응."

"그래."

나와 가이아스는 란 씨의 말에 고개를 끄덕였다.

과연 엘프와 어떤 관계가 될까 생각하니 두근거린다. 엘프와 친해지고 싶다고 강하게 생각하며 루루마의 몸에 기대 잠들었다.

이튿날, 엘프가 아침 일찍부터 우리를 데리러 왔다.

데리러 온 사람은 어제 봤던 사람 같았다. 엘프는 서로 생김새가 꽤 비슷해서 확실하진 않지만, 아마 어제도 있었을 거다.

역시 어제만큼 많은 엘프가 오지는 않았지만, 여섯 명쯤은

되었다. 그들은 짐을 들고 줄지어 이동하는 우리를 에워싸고서 걸었다.

엘프의 눈빛이 변함없이 차가워서, 나는 란 씨의 손을 잡고 걸으며 웃어 줬으면 좋겠다고 생각했다. 어떻게 하면 웃어 줄까.

그렇게 빤히 바라보고 있으니 엘프 한 명과 눈이 마주쳤다. 내가 방긋 웃자, 그 엘프가 얼굴을 돌려서 조금 충격받았다.

하지만 엘프와 친해지고 싶은 만큼, 더 많이 웃어 주고 말을 걸고 싶다.

그리폰들과 시포 역시 우리와 함께 엘프 마을로 가고 있었다. 엘프는 그리폰들과 시포를 경계하는 것 같았다.

레이마가 "그륵그르으르(경계하고 있어)." 하고 말하며 엘프가 그리폰들과 시포를 신경 쓴다고 알려 줬다. 내게 그리폰들과 시포는 사랑하는 가족이지만, 처음 보는 사람은 무섭다고 느낄지도 모른다. 수인들은 그리폰들을 신처럼 숭배하기에 우리를 쉽게 받아들여 준 게 아닐까.

엘프는 그리폰들과 시포가 무서워서 웃어 주지 않는 걸까? 그럼 무섭지 않다고 알려 주면 괜찮아질까?

"……란 씨, 안 무섭다고, 알려 주면, 웃어 줄까?"

"글쎄요."

나와 란 씨는 속닥속닥 대화를 나눴다. 작은 목소리로 이야기하고 있으니 우리를 빤히 보기도 했다. 엘프 마을은 조금 떨어진 곳에 있었다.

"여기야."

그 말을 듣고 본 엘프 마을의 모습에 나는 깜짝 놀랐다.

엘프 마을에는—— 숲을 개간하지 않고 그대로 둔 채 집이 지어져 있었다. 나무 위에 숲의 일부처럼 집이 있는 느낌이었다.

처음 보는 광경에 흥분해서 나도 모르게 와아 하고 소리를 냈다.

그리고 많은 엘프가 우리를 맞이해 줬다.

'많은 엘프' 라고는 했지만 그 수가 우리보다 적었다. 할머님이 엘프는 수명이 길다고 했으니까, 그것과 관련있는지도 모른다.

엘프는 다들 매우 아름다웠고 인간이나 수인과는 달랐다. 많은 엘프가 눈앞에 있었다. 숲의 일부 같은 마을 풍경이 신비로웠다.

많은 엘프가 맞아 주는 가운데, 나는 조금 신기한 것을 보았다.

지팡이를 짚은 할아버지 엘프 옆에 반투명한 뭔가가 있었다. 하지만 눈을 깜빡이자 사라졌다. 뭐였을까, 잘 모르겠다. 내가 잘못 봤나?

그렇게 생각하고 있으니 할아버지 엘프와 눈이 마주쳤다. 나를 보고 있었나? 할아버지 엘프는 나를 잠시 바라보더니 동구 씨에게 시선을 보냈다. 그리고 동구 씨에게 말했다.

"네가 이 무리의 우두머리인가?"

"……그래, 그렇게 생각해도 돼."

우두머리는 아토스 씨였다. 아토스 씨가 죽은 후, 다음 수장은 정식으로 정하지 않았다. 하지만 동구 씨가 우리의 수장이

라고 생각해도 될 것이다.

그 말을 들은 할아버지 엘프는 "흠." 하고서 고개를 한 번 끄덕였다.

"……너희는 살던 곳에서 쫓겨났다고 했지."

"그래."

"흠, 그렇다면 이 마을에서 편히 지내도록."

우호적인 말에 나는 깜짝 놀랐다. 동구 씨도 한순간 놀란 표정을 지었다. 란 씨는 복잡한 얼굴이었다. 다른 사람들은 안도하기도 하고, 이런 멋진 곳에서 지낼 수 있다며 기뻐하기도 했다.

나는 엘프와 사이좋게 지낼 수 있어서 기쁘다는 생각이 제일 먼저 떠올랐다.

하지만 그와 동시에 란 씨가 했던 말도 떠올랐다. 엘프는 진심으로 친해지고 싶은 마음이 없을 수도 있다. 그 가능성을 생각해야 했다.

우리가 생활할 장소는 따로 마련하지 않았으니, 여럿으로 나뉘어 엘프의 집에서 살라고 했다.

동구 씨는 망설였다. 이에 할아버지 엘프가 "우리는 너희를 환영한다. 정령수의 이름으로 맹세하지."라고 말했다.

나는 정령수가 뭔지 전혀 몰랐지만, 그 말을 들은 란 씨가 안도한 것을 보면 그 말은 우리에게 좋은 의미인 것 같았다.

나는 란 씨와 함께 가게 되었다. 가이아스와는 떨어졌다. 란 씨가 그리폰들과 시포가 나와 계약한 건 안 알리는 편이 좋다고 해서 그렇게 했다.

레이마에게 작은 목소리로 전하자 다들 그렇게 맞춰 줬다. 마을에서 그리폰들을 길들였다고 말하는 편이 좋다고 했다.

그래도 레마는 나에게 와 줬다. 새끼 그리폰들 레마가 란 씨와 내 뒤를 따라왔다. 나와 란 씨를 안내해 주는 여성 엘프가 레마를 신경 쓰는 것 같았다.

나와 란 씨는 그 여성 엘프의 집으로 안내받았다. 여성 혼자 사는 듯했다. 그 여성의 집에는 방이 두 개 있었고, 그중 하나를 써도 좋다고 했다.

여성이 다른 방으로 이동한 것을 확인하고서 란 씨에게 물어봤다.

"정령수의 이름으로, 라는 게 무슨 뜻이야?"

"저도 문헌에서 읽었을 뿐이라 정확한 정보인지는 모르지만, 정령수는 정령을 낳는다는 나무예요. 엘프는 마법이 특기인 종족이라 정령과의 관계가 밀접하다고 해요. 그래서 엘프에게 정령수는 절대적이죠."

"정령을 낳아?"

"네. ——정령은 정령수에서 생명을 얻는다. 나무 주위를 날아다니다가 언젠가 세상을 향해 날갯짓하리라. 그런 수기를 읽은 적이 있어요."

"……그렇구나."

정령수. 정령이라고 불리는 존재가 태어난다는 곳. 엘프는 그 정령수에 맹세했다.

"정령수의 이름으로 맹세한다는 건 정령과 밀접한 관계인 엘프에게 절대적인 말일 거예요. 그런 글을 읽은 적도 있어요. 정령수의 이름으로 맹세한다고 그렇게 당당히 선언했으니 우리를 환영한다는 건 아마 사실이겠죠."

란 씨와 이야기하면서 '종족이 다르니 그런 문화 차이도 있구나.' 라고 생각했다.

수인도 인간과는 다른 방식으로 살며 다른 문화를 가졌다. 그러니 엘프에게도 내가 모르는 문화가 많이 있을 것이다. 나는 모르는 게 많으니 란 씨에게 더 물어봐야겠다.

"……하지만 란 씨, 복잡한 얼굴이야."

"네. 환영하는 건 사실이어도 앞으로 사태가 어떻게 될지는 알 수 없으니까요. 그러니까 레룬다도 조심해요."

"……응."

란 씨는 엘프가 우리를 환영하는 건 사실이라고 말했다. 하지만 사태가 어떻게 될지는 알 수 없다고도 했다. 란 씨의 말에 고개를 끄덕인 나는 엘프가 무슨 생각을 하고 있을지 상념에 잠겼다.

엘프는 쌀쌀맞으면서도 우리를 환영한다. 엘프 할아버지는 —— 거기까지 생각하다가 나는 엘프가 이름을 안 알려줬다는 것을 깨달았다.

엘프는 왜 이름을 안 알려주는 걸까. 그저 깜빡해서? 아니면 일부러? 일부러 그러는 거라면 그 이유는 뭘까.

조금 더 기다리면 이름을 알려줄까? 먼저 이름을 물어봐도 될까? 하지만 알려주기 싫다는 걸 억지로 물어봐서는 안 된다.
나는 그렇게 생각했다.

한숨 자고 아침이 되자 란 씨와 내게 방을 내준 엘프가 식사를 가져왔다.
처음 보는 식물이 많이 있는데 고기는 없었다. 엘프는 고기를 안 먹는 걸까. 그런 부분도 수인과 다르다고 생각했다.
"엘프 마을에 적응하기 위해서도 우선은 저와 함께 지내 주세요. 아침을 다 먹으면 밖으로 나오세요."
엘프는 그 말만 하고서 식사를 두고 나갔다.
"……있지, 란 씨."
"네?"
"……이름, 안 알려 주네."
"아, 듣고 보니 그러네요. 이름을 알려 줄 필요가 없다고 생각하는 걸까요. 어쩌면 엘프에게는 개별적인 이름이 없을 수도 있지만, 과거 문헌 속에서는 엘프의 이름이 분명하게 나왔으니 이름이 없진 않을 텐데 말이죠……."
"왜, 이름, 안 알려 주는 걸까?"
"환영은 하지만 친해지고 싶지는 않다. 그렇게 생각하는 걸지도 몰라요."
"……어려워."
환영은 하지만 친해지고 싶지는 않다. 그게 무슨 뜻인지 아무리 생각해 봐도 나는 알 수 없었다. 환영한다면 사이좋게 지내면 될 텐데. 친해지기는 싫은데 환영하는 것에 무슨 의미가 있는 걸까.

"엘프에게도 뭔가 사정이 있겠지만, 그걸 감안해도 역시 부자연스러운 부분이 많은 건 분명해요."

우리는 그런 대화를 하며 아침을 먹었다. 이 수프, 맛있다. 처음 먹어 보는 맛이었다. 엘프에게 전해져 내려오는 특유의 맛 같은 게 있는지도 모른다.

레마는 정신없이 수프를 먹고 있었다. 그리폰들의 입에도 맛있는 모양이다.

다 먹고 나서 나와 란 씨는 엘프가 말한 대로 밖으로 나갔다. 나무 위에 있는 집이라서 문을 열자 보인 풍경이 아주 멋있었다.

아, 가이아스가 조금 떨어진 나무 위에 있었다. 내가 손을 흔들자 가이아스도 손을 흔들어 줬다.

"우선은 내려가죠."

엘프는 그렇게 말하고서 사다리를 타고 아래로 내려갔다. 나와 란 씨도 뒤를 따랐다. 레마는 날아서 내려갔다. 나무가 꽤 높아서 떨어지진 않을까 조금 불안했다. 신중하게 천천히 내려갔다.

"마을을 안내하겠습니다."

담담히 말한 엘프가 앞장섰다. 어제는 별로 시간이 없었기에 오늘 안내해 주는 것이리라. 니르시 씨와 시노미의 모습이 보여서 안도했다. 다들 건강해 보여서 다행이다.

어제는 엘프 마을은 나무 위에 집을 지은 게 신기하다는 생각이 제일 먼저 들었는데, 잘 살펴보니 그 밖에도 수인이나 인간 마을과 다른 부분이 많았다.

엘프는 처음 보는 식물을 키우고 있었다. 역시 밭은 나무 위가 아니라 땅에 있었다. 마물로부터 지키기 위한 대책인지 울타리가 쳐져 있었다.

그리고 특징적인 건물이 있었다. 교회 같은 곳이라고 할까? 여러 나무가 받치는 거대한 건물이라고 하면 될까. 포개진 가지 위에 올라간 느낌이 들었다. 마을 안쪽에 있어서 어제는 알아차리지 못했지만 굉장한 건물이었다.

“이곳은 정령님께 기도를 올리는 곳입니다. 당신들에게까지 강요할 생각은 없습니다.”

설명은 그게 다였다. 이 엘프 씨는 말수가 적었다. 혹시 이 엘프 씨만 유독 말주변이 없어서 이름을 안 말하는 걸까. …… 다른 사람들에게 이름을 들었는지 물어봐야겠다.

“엘프는 정말로 정령과 관계가 깊군요.”

“그렇습니다.”

엘프 씨는 이 이상 이야기를 이어갈 마음이 없는 듯했다.

엘프 씨가 가만히 교회를 바라봤다. 뭔가 생각하고 있나? 엘프 씨는 교회를 잠시 보고 나서 담담히 다른 곳으로 우리를 안내했다.

그것만으로도 오전이 다 갔다.

점심에도 고기는 없었다. 역시 고기를 안 먹는 종족인 걸까. 같이 먹자고 말해 봤지만 거절당했다.

같이 밥 먹으면 친해질 수 있을까 싶었는데. '언젠가 같이 먹는 날이 올까?' 하고 생각하며 레마, 란 씨와 함께 식사했다.

그리고 오후에는 마을에 있는 약초원에서 약초 채집을 도왔다.

엘프가 관리하는 약초원은 늑대 수인 마을에는 없던 것이었다. 수인 마을에서는 따로 약초를 재배하지 않았기에 약초를 채집하려면 마을 밖으로 나가야 했다.

이 훌륭한 약초원을 보면 약사 언니—— 제시히 씨는 눈을 반짝일 것이다. 제시히 씨와는 어제 헤어지고 나서 아직 만나지 못했다. 어느 엘프 집에 신세를 지고 있을까?

약초 채집은 란 씨보다도 내가 더 잘했다. 내가 란 씨에게 약초 따는 법을 가르쳐 줄 정도였다. 나는 항상 배우기만 했기에 란 씨에게 가르쳐 줄 수 있어서 기뻤었다.

란 씨와 함께 엘프 씨가 말한 약초를 땄다. 우리가 예정보다 훨씬 빨리 일을 끝내서 놀란 것 같았지만, 엘프 씨의 태도는 여전히 쌀쌀맞았다.

그 후 다른 수인을 만나러 가도 되냐고 물었더니 안내해 주겠다고 했다.

장소를 알려 주면 우리끼리 가겠다고 했지만 반대했다. 어쩌면 나랑 란 씨가 따로 행동하지 못하게 하려는지도 모른다.

엘프 씨에게 안내받아 모두를 만나러 갔다.

가이아스, 동구 씨, 시노룬 씨, 오샤시오 씨, 시노미, 카유, 니르시 씨, 남자아이들, 할머님과 다른 수인들, 그리폰들, 시포, 모두를 만나러 갔다. 다들 건강해 보였다.

하지만 모두에게 슬쩍 물어보니 역시 엘프의 이름을 못 들었다고 했다. 다들 엘프가 잘 대해 준다고 해서 그 점은 안심했다. 하지만 왜 이름을 안 알려 주는 걸까.

엘프끼리는 이름을 부르는 것 같았다고 가이아스가 알려 줬다. 그렇다면 이름이 있다는 건데.

우리를 환영하지만 친해질 마음은 없다. 그 이유가 뭘까. 그리폰들에게 물어보니 엘프는 그리폰들과 시포가 마을 밖으로 나가는 걸 싫어해서 경계하는 모습을 보인다고 했다.

그리고 이 주변에는 신기한 마력이 감도는 것 같다고 했다.

신기한 마력.

수인들은 마력이 거의 없는 종족이라 대부분 마법을 쓰지 못하고 란 씨도 마법을 못 쓴다. 그러니 동료들 가운데 신기한 마력을 느낄 수 있는 사람이 있다면 나뿐이다. 나는 조금이나마 마법을 쓸 줄 아니까.

엘프들의 마력은 아닌 모양이고, 마력의 정체를 내가 밝혀내면 엘프들과 마음의 거리를 좁힐 수 있지 않을까.

그래서 나는 그 신기한 마력이 뭔지 열심히 탐색하려고 했다. 하지만 어떻게 마력을 탐색해야 할지 몰라서 "으음……." 하고 끙끙거리며 시행착오를 겪었다.

엘프 마을에 적응하기 위해 여러 가지 일을 열심히 배웠다. 그러면서 짬짬이 신기한 마력을 탐색했다. 그렇게 지내다 보니 어느새 엘프 마을에 온 지 두 달이 지나 있었다.

그동안 엘프 마을에 적응은 했지만, 변함없이 엘프들은 우리에게 이름을 알려 주지 않았다.

그래도 엘프 마을에서의 생활은 생각보다 평온했다. 특별히 뭔가를 강요하지도 않았다. 다른 수인들과 좀처럼 만날 수 없는 것은 쓸쓸하지만 못 참을 정도는 아니었다. 만나고 싶다고 하면 만나게 해 줬다.

"히히힝~(무슨 생각을 하는지 모르겠어)."

나와 란 씨에게 방을 내준 여성 엘프를 돕고 있으니 시포가 의아해하며 말했다.

엘프에게는 시포가 그저 울음소리를 내는 것처럼 들리겠지만, 내게는 확실하게 시포의 말이 들렸다.

"응."

"히히힝~(이것저것 염탐해 봤는데 알 수 없는 것투성이야)."

"그렇구나."

"히히히힝~(그래도 변함없이 레룬다를 지킬 거야)."

나와 계약한 시포와 그리폰들은 조금씩 주위를 염탐하는 듯했다. 하지만 염탐해도 모르는 것투성이라고 했다. 그래도 동료들이 이렇게 노력해 주니 어떻게든 될 것 같았다.

"……응?"

내 마력을 주변으로 퍼뜨리자 뭔가 이상한 감각이 느껴졌다. 뭔가가, 아니, 누군가가 있다. 나는 그 감각이 뭔지 알고 싶어서 엘프의 집에서 나와 밖에 서서 그 이상한 감각이 느껴지는 곳을 보았다.

갑자기 방에서 뛰쳐나간 나를 엘프 씨가 쫓았지만, 그걸 신경 쓸 여유는 없었다.

내 시선 끝에 있는 것은 마을에 처음 왔을 때 봤던 그 할아버지 엘프였다.

이상한 감각은 할아버지 엘프의 옆…… 아니, 어깨 위? 그 주변 마력이 뭔가 일그러져 있다고 할까, 다른 곳과 달랐다. 주의 깊게 보니 뭔가가 있는 것처럼 보이기도 했다.

빤히 보고 있다가 할아버지 엘프와 눈이 마주쳤다.

할아버지 엘프는 나를 눈치채고서 얼굴이 굳더니――.

"거기 너, 내려와라."

나를 불렀다.

할아버지 엘프가 나를 부른 것은, 내가 이상한 마력을 느꼈기 때문일까. 그나저나 어째서 할아버지 엘프는 복잡한 표정을 지은 걸까.

모르겠다. 할아버지 엘프에게 이야기를 들으면 왜 복잡한 표정을 짓는지 알 수 있을까? 그리고 엘프들이 어째서 이름을 안 가르쳐 주는지 알 수 있을까?

그런 기대감이 생겨서 할아버지 엘프 말에 따라 아래로 내려갔다. 뒤에서 란 씨도 허둥지둥 따라왔다.

할아버지 엘프는 "그쪽 여성은 부르지 않았는데."라고 말했지만, 란 씨가 "아이를 혼자 보낼 수는 없어요."라고 강하게 말하자 포기한 듯 한숨을 쉬었다.

그렇게 할아버지 엘프를 따라가는 도중에 나는 의식을 잃고 말았다.

◆

정신이 들었다.

눈을 뜬 순간, 낯선 광경이 보였다.

나무 벽으로 둘러싸인 공간이었다. 애초에 나는 왜 의식을 잃었던 걸까.

그러고 보니 란 씨도 같이 있었을 텐데 어디 갔지? 주위를 둘러봤지만 란 씨는 없었다. 그나저나 여긴 어디일까. 나무 속? 알 수 없는 장소였다.

"깨어났나."

나무 벽에 달린 문이 열렸다.

안에 들어온 사람은 할아버지 엘프였다.

할아버지 엘프가 나를 내려다보았다.

"……란 씨는?"

"그 인간 여자라면 다른 곳에 있다."

할아버지 엘프는 이름을 안 알려 줄 뿐만 아니라 우리의 이름도 부르려고 하지 않았다. 우리를 한 명의 사람으로 생각하지 않는 거겠지.

"너에게 물어보고 싶은 게 있다."

할아버지 엘프는 나를 내려다본 채 말했다. 나는 할아버지 엘프와 일대일로 대치하는 상황에 부딪히자, 심장이 쿵쿵 뛰었다.

하지만 할아버지 엘프와의 대화는 향후 상황을 좌우할 중요한 일이라는 생각이 들었기에 눈을 피하지 않았다.

"……물어보고 싶은 거?"

"……너는 정령님이 보이는…… 아니, 안 보여도 느끼고 있겠지?"

"……정령?"

나는 고개를 갸웃했다.

내가 느낀 이상한 마력과 관련이 있는 걸까. 혹시 아까 느낀 것이 정령의 기운이었을까?

"……이상한 마력이, 정령의 기운?"

내 말에 할아버지 엘프는 한숨을 쉬었다.

"인간이, 그것도 마법의 마 자도 모를 어린 계집이 정령님을 느끼다니……."

"엘프 할아버지는, 인간을 싫어해?"

"엘프 할아버지라는 건 날 말하는 건가? 뭐, 그래. 인간에게 좋은 감정이 있을 리가 없지. 인간은 마법도 못 쓰는 하등 생물인 주제에 우리 엘프를 노예로 만들려는 야만스러운 종족이야."

"……인간이라고, 다 똑같지 않아."

"다 똑같지 않다고? 우리가 아는 인간은 적어도 좋은 생물은 아니었다. 그런데 인간이 정령님을 느끼다니……."

지금까지 할아버지 엘프는 눈빛은 차가워도 표면상으로는 란 씨와 내게 잘해 줬는데, 실은 우리 인간을 그렇게 생각했던 모양이다.

엘프들이 만난 인간은 다들 그런 나쁜 인간이었을지도 모른다. 평범하게 사는 사람은 엘프를 만나러 가지 않으니까. 나고 자란 마을을 나가는 일도 별로 없을 것이다. 나도 계기가 없었다면 마을을 떠나지 않았을지도 모른다.

"수인들도, 싫어해?"

"짐승의 피를 이은 야만스러운 종족이야. 마법을 쓸 줄 아는 자가 거의 없고 정령님의 은혜를 느끼지도 못하는 자들을 어떻게 좋아하라는 거지?"

너무하다고 생각했다. 하지만 이것이 할아버지 엘프가 생각하는 인간과 수인이었다. 그런데 할아버지 엘프는 지금까지 우리 앞에서 드러내지 않았던 본심을 어째서 내게 이야기하는 걸까. 모르겠다. 이해하지 못하는 내게 할아버지 엘프는 계속 말했다.

"——너는, 마뜩잖지만 정령님을 볼 수 있어. 우리는 그런 이를 함부로 대할 수 없다."

정령은 그만큼 엘프들에게 특별하리라. 할아버지 엘프의 말을 듣고 확실히 알았다.

나는 정령을 느낄 수 있다. 그래서 나를 함부로 대할 수 없다고 했다. 그렇다면 다른 사람들은? 나는 함부로 대할 수 없다지만, 다른 이들은 어떻게 하려는 걸까.

"——다른 사람들은 어떻게 되는 거야?"

"제물이 될 거다."

"……제, 물?"

생소한 말이었지만 그 뜻은 안다. 란 씨에게 배운 내용에도 있었다.

모두를 제물로 쓰려고 한다. 그 사실에 머릿속이 새하얘졌다.

"……정령에게 바치는 거야?"

"말도 안 되는 소리 마라!!"

두려운 존재, 자신들보다 격이 높은 존재, 그런 존재에게 제물을 바치는 무서운 일이 벌어지기도 한다고 란 씨가 말했었다. 그래서 엘프들이 모시는 정령이 머릿속에 떠올랐지만 할아버지 엘프는 아니라고 외쳤다.

정령이 제물을 받는다고 말한 것 자체에 화가 난 것처럼 보였다. 할아버지 엘프는 노여워하며 매서운 눈으로 나를 보았다.

무서웠다.

하지만 물어봐야 한다고 생각했다.

"그럼, 누구에게……? 그리고, 우리를 환영한다고 했으면서."

"……제물로서 환영한다는 거였다. 그게 아니라면 우리 엘프가 인간과 수인을 받아들일 리가 없지. 하등 생물이어도 대신 제물이 되는 정도의 가치는 있으니까."

할아버지 엘프가 한 말이 마음에 걸렸다. '대신' 이라고 했다. 누구를 대신한다는 걸까? 나는 그런 생각을 하다가 불현듯 중얼거렸다.

"엘프, 대신?"

이 마을의 엘프들은 우리보다도 수가 적었다. 당연하다고 생각했다. 하지만 당연한 일이 아니었다면? 원래는 더 많은 엘프가 이곳에 있었다면? 할아버지 엘프가 말한 제물로 쓰여서 수가 줄어든 거라면?

"누구에게, 바치는 거야?"

정령은 아니라고 했다. 엘프가 믿는 정령에게 바치는 제물은 아니라고. 그럼 누구에게 바치는 거지? 마법이 특기인 엘프가 제물을 바쳐야만 하는 상대라니 누굴까.

그렇게 생각하는 내 눈앞에서 할아버지 엘프가 말했다.

"마물이다. 지성이 있는 마물. ——너희가 데리고 있는 그리폰들이나 스카이호스 같은."

마물.

나는 마물을 자세히 모른다.

그리폰들과 스카이호스와는 사이좋게 지낸다. 하지만 다른 마물은 잘 몰랐다. 다른 마물과 만난 적이 없기도 했다.

나는 그리폰들과 시포를 사랑한다. 그들은 마물이지만 우리는 서로를 이해할 수 있었다. 하지만 세상에는 무서운 마물도 많았다.

그걸 머리로는 알고 있었지만, 실제로 깨닫지는 못했었다.

나는 그리폰들이나 시포와 같은 마물이 엘프에게 제물을 요구한다는 사실에, 생각했던 것보다 더 큰 충격을 받았다.

"그 마물…… 어떻게, 못 해?"

엘프가 제물이 된다고 할아버지 엘프가 말했다. 하지만 할아버지 엘프가 그걸 바라지는 않을 것이다. 그렇다면 그 마물을 어떻게 처리할 순 없는 걸까.

"그럴 수 있었다면 진작에 했겠지."

"——도망치는 건……?"

자신들을 제물로 삼는 마물을 처리할 수 없다면 그 무서운 마물로부터 도망칠 순 없는 걸까. 수인들과 우리가 인간 나라에서 도망친 것처럼.

하지만 할아버지 엘프는 격앙하여 외쳤다.

"——그럴 순 없어!!"

할아버지 엘프에게는 이곳을 떠날 수 없는 이유가 있을 것이다. 그 마물을 어떻게 하지 못한 채 우리를 제물로 바치려는 걸까. 그렇다면 우리는 뭘 할 수 있을지 필사적으로 생각했다. 일단 나는 물어봐야 했다. 어째서 제물을 바쳐야 하는 상황에 빠졌는지.

"어째서?"

"……정령수가 있다."

"정령수? 정령을 낳는다는 소문의……?"

"——소문이 아니야. 실제로 정령님이 그 귀중한 생명을 얻는 곳이지. 그 나무 둥치에 마물이 눌러앉았어. 그 녀석은 언제든 위해를 가할 수 있어. 정령수를 버리고 다른 곳으로 갈 수는 없다."

할아버지 엘프가 내게 많은 이야기를 해 주는 것은 내가 정령을 볼 수 있기 때문일까.

정령수가 실재하고, 그곳에서 실제로 정령이 태어난다. 내가 모르는 세계여서 놀랐다, 그런 신비한 나무가 있다니. 심지어 내가 느낀 이상한 마력을 지닌 존재가 거기서 자란다니.

그곳에 무서운 마물이 눌러앉았다. 언제든 정령수에 위해를 가할 수 있는 상황이었다.

엘프들에게 정령수가 어찌 되든 좋은 나무였다면 이야기는 간단했을 것이다. 여기서 도망쳐서 다른 곳으로 생활 터전을 옮기면 되니까. 하지만 그렇지 않은 것은 엘프들에게 정령수가 소중하기 때문이다.

"정령님은 정령수에서 생명을 얻고 오랜 시간을 들여서 자라시다가 커서…… 세상으로 날아가시지. 그리고 정령수를 보살피는 우리 엘프와 계약을 맺어 주신다. 다른 정령님은 이 세상에서 저마다 원하는 방식으로 살고 계셔. ……가끔 너처럼 정령님을 보는 이가 있어서 그자들과 계약을 맺는 정령님도 계시지."

"……내가, 느낀 거, 엘프 할아버지 옆에 있는, 정령님뿐."

대다수 엘프가 정령과 계약을 맺는다고 했다. 하지만 내가 느낀 것은 할아버지 엘프 옆에 있는 마력뿐인데 어떻게 된 걸까.

"……정령님은 어느 시기가 되면 정령수에 머물며 휴식을

취하시는데, 마물 때문에 그러지 못하고 계셔. 하필이면 그 마물은 긴 시간을 사는 정령님이 귀환하시는 시기에 나타났어. 내 정령님은 어느 정도 힘을 가지고 계셔서 네게도 그 마력이 느껴지는 거겠지. 하지만 다른 정령님들은 대부분 느껴지지 않을 만큼 약해지셨어. 게다가 그 마물은 정령님조차 잡아먹어."

"……정령을, 먹어?"

"……우리가 제물을 안 바치면 정령수에서 갓 태어난 생명을 먹고, 우리와 계약한 정령님을 먹어. 그걸 견디지 못해서 우리가 제물이 되면, 그 엘프와 계약한 정령님이 폭주하시다가 마물에게 잡아먹혀."

할아버지 엘프가 그렇게 말했다. 누군가가 소중히 여기는 것이 마물에게 잡아먹힌다고 생각하니…… 오싹했다. 그런 일을 수없이 목격하여 속이 썩어 문드러진 결과, 할아버지 엘프는 우리를 제물로 바치자는 답에 이른 것이 아닐까.

동료가, 경애하는 정령이 잡아먹히는 일이 얼마나 오랫동안 이어졌을지 알 수 없었다.

엘프들이 우리 인간과 수인을 싫어한다는 것은 이렇게 이야기해 보니 잘 알 수 있었다. 그렇게나 싫어하는 종족이 마을에 사는 건, 엘프들도 바라지 않았을 것이다. 하지만 오랫동안 마물 때문에 고통받았기에 엘프들은 우리를 받아 주고 제물로 삼기로 했다.

"……엘프 할아버지는, 엘프 대신 수인들을, 마물에게 바칠 거야?"

"그래, 먹이로 줄 거다. 그렇게 해서 정령수와 정령님, 그리고 우리 엘프가 살 수 있다면 말이야."

엘프들이 이름을 가르쳐 주지 않은 것은, 우리를 어찌 되도 상관없는 존재, 곧 제물로 바칠 존재라고 여겼기 때문이다. ……지금까지의 이야기를 듣고 그렇게 생각했다.

내가 이대로 아무것도 안 하고 움직이지도 않으면, 그 무서운 마물과 엘프의 사정도 모른 채 다들 죽는 걸까.

——그런 건 싫다.

"그 마물을, 어떻게든 하면, 제물로 안 바쳐도 돼?"

"……무슨 소릴 하는 거지."

"수인들도 란 씨도, 나는, 정말 좋아해. 모두를 제물로 바치는 거, 싫어. 싫으니까, 마물을 어떻게든 하고 싶어."

"……우리조차도 대항 못 하는 상대야. 그걸 인간과 수인 따위가 처리하겠다고?"

할아버지 엘프는 짜증스레 나를 내려다보았다.

나는 그런 할아버지 엘프에게 말했다.

"나, 엘프들과 만났을 때, 사이좋게 지낸다면 멋질 거라고, 생각했어."

친해지고 싶다고 생각했다.

"신체 능력이 높은 수인과, 마법이 특기인 엘프…… 다른 특기를 가진 종족이, 손을 맞잡으면 멋지겠다고."

"……하고 싶은 말이 뭐지?"

할아버지 엘프는 내가 뭘 말하려고 하는지 모르는 것 같았다.

"……신체 능력이 높은 수인과 마법이 특기인 엘프. 그리고 힘이 될지는 모르겠지만, 나랑 계약한 그리폰들과 시포, 이만큼 모였으면, 뭐든 할 수 있어."

내 말에 할아버지 엘프는 아무 말도 하지 않았다. 대답이 없는 할아버지 엘프에게 나는 계속 말했다.

"엘프들만으로는 무찌르지 못한 마물도, 다 같이 힘을 합치면 해치울 수 있을 거야. 해 보지도 않고, 불가능하다고, 말하고 싶지 않아. 한 종족이 못 했던 일도, 다 같이 힘을 합치면 해낼 수 있어."

엘프들은 패배한 과거가 있어서 포기한 걸지도 모른다. 하지만—— 그건 엘프들만 싸웠기 때문이다.

"힘을 합쳐서, 마물, 무찌르자. 계속 제물을 바쳐 봤자, 아무것도 바뀌지 않아. 쭉, 나쁜 일이 계속될 뿐이야. 그것보다는, 무찌르는 편이, 무조건 좋아."

나는 그렇게 말하고 할아버지 엘프를 보았다.

할아버지 엘프는 내 말에 놀란 표정을 지었다. 내가 이런 말을 꺼낼 줄은 몰랐을 것이다.

"나는, 엘프들과도 친해지고 싶어. 모두를 제물로 바치려고 하는 건…… 마물이 있어서. 그러니까…… 마물을 무찌르면, 문제, 전부, 해결돼."

서로 미워하는 것보다도 사이좋게 지내는 것이 단연코 좋다. 아직 엘프들은 모두를 제물로 바치지 않았다. 제물로 바칠 거라고 했지만 아직 늦진 않았을 터다.

"뭘 근거로…… 장담하는 거지."

"근거 같은 건, 없어. 하지만, 나는 할 수 있다고 믿어. 그리고 할 수 있을지 없을지, 해 보지 않으면 몰라."

반드시 마물을 무찌르리라는 근거는 없다. 하지만 나는 믿고 있었다. 다 같이 힘을 합치면 분명 뭐든 할 수 있다고 생각했다.

그리고 불가능하다는 생각에 포기해서, 함께 살아가고 싶은 이들이 제물이 되는 것은 싫으니까.

그러니 반드시 할아버지 엘프를 설득하겠다. 정령을 느낄 수 있는 내가 한 말이기에 할아버지 엘프가 들어 주는 거니까.

내 말에 할아버지 엘프는 입을 다물었다. 다음 순간, 나는 할아버지 엘프 옆에서 뭔가가 일렁인 것을 보았다.

정령인가 했는데 또렷하게 보이지는 않았다. 하지만 느껴졌다. 확실히 그곳에 있다는 것을 알 수 있었다.

"네 녀석은……."

정령이 움직이는가 싶더니 할아버지 엘프가 내게 말했다. 그리고 고개를 저었다.

"이유는 모르겠지만, 내 정령님이 말씀하시길 네 편이 되어 주라는군. 이제 내게 말할 만한 기운도 없으실 텐데. 네 편이 되어 주라고, 네 말대로 함께 싸우라고 하셨다."

분한 마음이 느껴지는 목소리였다.

"……네게는 뭔가가 있는 걸지도 모르겠어. ……고작 인간

따위를 정령님이 이토록 신경 쓰시다니. 뭐, 좋다. 나는 정령님의 말씀을 무시할 수 없어. 마뜩잖지만, 너의 제안을 받아들이기로 하지."

할아버지 엘프는 나를 '고작 인간' 이라고 했다. 수인들도 '야만스러운 종족' 이라고 했다. 내가 노력하면 그 평가를 뒤집을 수 있을까. 엘프들이 언젠가 우리를 인정해 줄까.

잘 모르겠지만, 어쨌든 모두가 제물이 되는 일은 피해서 다행이다. 분명하게 내 말이 전해져서 다행이다. 안도하니 힘이 빠져서, 주저앉은 채 일어설 수 없었다.

할아버지 엘프는 내가 못 일어나는 것을 보고 한숨을 쉬면서도, 나를 모두의 곁으로 데려가 줬다.

안아서 데려간 게 아니라 마법을 사용했다. 바람 마법일까. 주문을 영창한 할아버지 엘프는 나를 공중에 띄웠다. 할아버지 엘프에게서 흘러든 마력은 상냥하고 편안했다.

나와 할아버지 엘프가 같이 오자, 엘프와 수인 모두 깜짝 놀랐다. 뭐가 뭔지 모르겠다는 모습으로 엘프와 함께 온 란 씨가 내 얼굴을 보더니 무사해서 다행이라며 끌어안았다. 나도 란 씨가 무사해서 다행이라고 생각했다.

그러는 동안 동구 씨가 할아버지 엘프에게 설명을 요구했다.

할아버지 엘프는 아까 내게 말했던 사정을 수인들에게 이야기했다. 수인들과 란 씨는 자신들을 제물로 바치려 했다는 무시무시한 계획을 듣고 얼굴이 새파래졌다. 하지만 동구 씨는 침착했다.

"그걸 우리에게 얘기한 걸 보면 계획은 취소된 건가?"

"그래. 우리는…… 우리 대신 너희를 제물로 삼을 생각이었다. 그렇기에 너희를 이 마을에 받아들였어. 하지만 예상치 못한 일이 일어났지. 이 아이가 정령님을 느꼈어. 게다가 이 아이는 함께 그 마물을 무찌르자고 했어."

할아버지 엘프는 내 이름을 부르지 않고 '이 아이' 라고 칭했다. 나는 할아버지 엘프 뒤에서 이름으로 불러 주면 좋겠다고 생각했다.

할아버지 엘프는 당황하는 주위 사람들에게 이어서 말했다.

"나는 그 제안을 거절할 수도 있었다. 그 마물과 싸워서 이길 거라는 보장은 없거든. 하지만 내 정령님이…… 이 아이와 함께 싸워야 한다고 오랜만에 속삭이셨어. 정령님의 말씀을 무시할 수는 없어. 그래서 나는 함께 싸우기로 했다. 너희도 제물이 되는 것보다는 함께 싸우는 편이 좋지 않나?"

할아버지 엘프는 그렇게 말하며 동구 씨를 보았다. 동구 씨는 나를 보고 있었다. 나는 고개를 끄덕였다. 동구 씨가 작게 한숨을 쉬고 말했다.

"좋아. ……우리를 제물로 바치려 한 건 용서할 수 없어. 하지만 아직 일이 벌어지기 전이지. 우리도 엘프와 적대하고 싶진 않아."

그리고 덧붙였다.

"……그 대신, 만약 그 마물을 무찌른다면 우리를 '인간' 이나 '수인' 으로 뭉뚱그리지 말고 한 명의 사람으로서 인정해 줘. 그리고 정식으로 이곳에서 동료로서 사는 걸 인정해 줬으면 해."

"……알겠다. 정말로 그 마물을 무찌른다면 그러도록 하지."

동구 씨의 말에 할아버지 엘프는 그렇게 대답했다.

막간 모친, 상기하다 / 신관, 사명을 받다

"——죽으면 곤란하니 시급히 대처하도록."

목소리가 들렸다.

나는 침대에 누워 있었다. 몸에 힘이 들어가지 않았다. 신녀 앨리스의 어미인 내가 어째서 이런 일을 겪는 걸까. 마치 옛날 같지 않은가.

앨리스는 내게 축복을 내린 천사 같은 아이다. 앨리스가 있어서 나는 행복했다. 그런데 어쩌다 이렇게 됐지.

침대 옆에서 나를 걱정스럽게 바라보는 남편을 보며 옛날 일을 떠올렸다.

우리 집안은 조부모 대까지 귀족이었는데, 어머니가 늘 하던 말이 있었다.

'지금 우리는 이렇게 시골에서 살지만 귀족의 고상한 마음과 선조를 경애하는 마음을 잊어선 안 된다.' 어머니에게 얼마나 많이 들었는지 선조 이야기를 복창할 수 있을 정도였다.

어머니가 가장 존경하던 선조는 아리따운 금발에 맑은 파란색 눈을 가진 아름다운 여성이었다. 그래서 그 선조는 내게도 특별했다.

어머니가 돌아가신 뒤, 나는 남편과 만나 결혼했다.

그 무렵에 나는 건강이 좋지 않았다. 그해 겨울은 유난히 추웠는데, 십여 년 만에 혹독한 한파가 찾아온 해였다. 원래부터 몸이 약했던 내 건강이 나빠지는 것은 당연했다.

나는 그때 죽음을 각오했지만, 얼마 안 가 신기하게도 내 몸은 급격히 좋아졌다. 의사는 기적이라고 했다. 얼마 후, 배 속에 아기가 있다는 것을 알았다.

——이 배에 깃든 생명이 나를 살려 준 게 아닐까? 그렇게 생각한 뒤로, 배에 깃든 생명이 참을 수 없이 사랑스러웠다. 배 속 아이가 쌍둥이라는 것을 알고 난 뒤에도 그건 변함없었다.

아아, 내 배 속에 새 생명이 둘이나 있구나, 내 아이가 둘이나 태어나는구나. 이 얼마나 행복한 일인가. 남편과 누굴 닮았을지 기대하며 기다렸다. 어떤 아이가 태어나든 열심히 사랑해야지. 누굴 적으로 돌리든 간에 나는 이 아이들 편이 되어야지.

나는 그때 분명 그렇게 생각했었다.

하지만 먼저 태어난 아이를 보았을 때, 내 시선은 그 아이에게 사로잡히고 말았다. 나나 남편과는 닮지 않았다. 하지만 나는 갓난아기를 보고, 막연하게 어머니가 몇 번이나 말했던 선조를 쏙 빼닮았다고 생각했다.

쌍둥이를 낳는 것은 힘든 일이라 생명이 위험할지도 모른다고 했지만 나는 걱정하지 않았다. 죽을 뻔했던 목숨을 이 아이들이 살려 줬으니 분명 출산 때도 괜찮을 거다, 신기하게도 그런 생각이 들었기 때문이다.

둘째로 태어난 아이의 이름은 레룬다라고 지었다.

확실히 쌍둥이 언니인 앨리스에게 마음이 끌리긴 했지만 동생인 레룬다도 예뻐하자고 마음먹었다.

하지만 아이들이 클수록 '앨리스' 가 특별하다는 생각이 들었다. 앨리스는 나나 남편을 닮지 않았지만, 아주 예쁘게 생긴 아이였다. 마을 사람 중에는 앨리스가 남의 아이라고 숙덕거리는 자도 있었다.

하지만 앨리스는 분명 내 아이였기에 앨리스를 지켜야겠다고 생각했다. 그 생각에 사로잡혀서 앨리스는 특별한 아이이자 내 아이라고, 격세 유전이라 우리와 안 닮은 거라고 계속 되뇌었다. 그러는 동안 레룬다를 방치하기도 했다.

하지만 레룬다는 방치해도 괜찮은 아이였다. 그래서 나는 앨리스를 지키는 데 필사적이었다. 그 결과, 마을 사람들도 앨리스를 받아들이고 다들 앨리스를 예뻐하게 되었다.

그 무렵에 또 다른 딸인 레룬다가 이상한 아이라는 소문이 돌게 되었다. 앨리스의 쌍둥이 동생인데도 아름답지 않다는 소문이었다. 쌍둥이인데 앨리스와 비교하면 너무 평범하다고 했다. 나는 처음에 내 딸에게 무슨 소리냐며 화냈다. 하지만 정말로 레룬다는 이상한 아이였다.

어느 날, 레룬다를 괴롭히려고 한 아이가 있었지만 신기하게도 레룬다에게는 그 괴롭힘이 통하지 않았다.

오히려 괴롭히려고 했던 아이가 험한 꼴을 당했다. 자기 딸을 이렇게 생각하면 안 된다는 걸 알면서도 섬뜩하고 이질적이라고 느끼고 말았다. 특별한 앨리스보다 성장이 조금 빠른 점도 마음에 들지 않았다.

나와 남편이 어쩌다 레룬다를 하루 동안 방치했을 때도 어째선지 멀쩡했다. 섬뜩한 아이, 이상한 아이. 앨리스와 대비되어 레룬다는 점점 꺼려졌다. 그렇게 기분 나쁘게 여기면서도 내 딸이라고 스스로를 타일렀다.

하지만 어느 날 남편이 말했다.

"저 아인 이상해. 앨리스는 이렇게 귀여운데 걘 아니야."

다정한 남편마저 그렇게 말할 정도라는 것과 원래부터 레룬다를 꺼림칙하게 여기던 것이 더해져 급격히 마음이 멀어졌다.

내 목숨을 살려 준 사랑스러운 앨리스, 그 특별한 앨리스가 레룬다를 신경 쓰면 싫어한다는 것도 이유 중 하나였다.

그 무렵, 나는 앨리스야말로 나를 살려 준 아이라고 확신했다.

앨리스는 자랄수록 특별해졌다. 마을 사람들도 앨리스를 특별하게 여기며 다들 공물을 바쳤다.

앨리스가 태어났을 무렵부터 마을은 풍작이었는데, 그것도 앨리스가 있어서 그런 거라는 말이 나왔다. 행복을 주는 특별한 아이. 나는 진심으로 그렇게 생각하게 되었다.

반면 레룬다는 점점 더 꺼림칙해졌지만, 그래도 내 아이인 것은 변함없어서 버리진 못했다. 그래서 같이 살게 해 주며 때때로 밥을 먹이고 옷을 입혔다. 하지만 신성한 앨리스 곁에는 웬만하면 오지 못하게 했다.

레룬다는 말이 별로 없는 아이로 자랐다. 말수가 적고, 머리는 부스스하고, 담담하게 구는 레룬다는 나와 남편을 짜증 나게 했다. '좀 더 울어 젖히기라도 하면 그나마 귀엽기라도 하지.' 라고 생각했다.

쌍둥이가 일곱 살이 되고 얼마 뒤, 집에 신관이 찾아왔다.

이 집에 신녀님이 있을 거라고 했다. 그 말을 들었을 때, 나와 남편은 당연히 앨리스라고 생각했다. 그리고 레룬다는, 신녀라는 특별한 위치인 앨리스의 쌍둥이 동생에 걸맞지 않았기에 숲에 버렸다.

그 후로 남편과 나는 신전에 들어가 신녀의 부모로서 대우받았다.

그렇게 생활하는 도중에 몸에 위화감이 들 때가 있었지만 기분 탓이라고 여겼다. 나는 신녀의 어미니까 나쁜 일이 일어날 리 없다고 말이다.

"하하! 어쩌면 우리의 천사가 동생을 잉태하게 하려는 걸지도 몰라."

남편에게 상담하니 그렇게 말했다. 나도 그렇겠다고 생각했다.

하지만 아니었다.

나는 병에 걸려 쓰러졌다.

어째서냐는 생각만 들었다. 나는 신녀의 어미고 신녀인 앨리스를 정말로 소중히 여기는데, 앨리스도 부모인 우리를 축복해 줄 텐데. 그런데 어째서——.

"역시 그 말이 사실인 것 같아."

"……이 모습을 보니 그런 것 같네요."

대신전에서 일하는 자들의 목소리가 들렸다. 하지만 나는 정신이 몽롱하여 그 말을 알아들을 수 없었다.

◆

나, 일룸은 변함없이 지하에 감금당해 있었다.

밖에서 무슨 일이 일어나는지 알 수 없었다. 내게 주어지는 정보는 없었다. 함께 신탁을 받았던 이들이 깨어났는지조차 내 귀에는 들어오지 않았다.

감금 상태인 나는 아무것도 할 수 없었다.

어쩌면 좋을까. 뭐라도 하고 싶다. 그렇게 답답해하던 내게 마침내 진토 님이 보낸 사람이 왔다.

진토 님이 직접 오시지 않는 것에 뭐라 말할 수 없는 기분을 느끼면서도 나는 그 사자의 말을 들었다.

"——앨리스 님은 진짜 신녀가 아닐지도 모릅니다."

사자로 온 신관이 그렇게 말했다.

"신탁을 받았던 자들은 아직 깨어나지 않았습니다. 그 와중에 앨리스 님의 모친마저 병에 걸려 쓰러졌습니다. 정말로…… 앨리스 님이 신녀라면 모친이 병에 걸릴 리가 없습니다. 부친의 이야기를 들어 보니 원래부터 병약했다더군요. 그리고 앨리스 님에게는 쌍둥이 동생이 있었다고 하던데, 아마 그쪽이 진짜 신녀님이었겠죠…….”

“……쌍둥이, 동생……. 그 신녀님은 어디 계십니까?”

“……그것이, 신전에서 신녀님을 데리러 갔을 때 버렸다고 합니다. 지금은 어디 계신지 모릅니다.”

“신녀님을 버렸단 말입니까?!”

신녀의 부모에게 들은 이야기이니 사실이겠지만, 신녀를 버렸다니 믿을 수가 없었다. 병약했던 모친이 앓아누운 것은 신녀로 추측되는 그 동생을 버렸기 때문일까.

“……그 두 사람이 신녀님의 부모라는 점은 변함없습니다. 게다가 신녀로 맞아들인 소녀의 부모에게 위해를 가할 수도 없고, 죽게 놔둬서도 안 됩니다. 모친이 앓아누운 것을 보면 신녀님에게 모친은 어찌 되든 상관없는 자인 것 같지만, 그래도 내팽개칠 수는 없습니다.”

신관은 짜증스레 말했다.

나도 솔직히 진짜 신녀일지도 모르는 쌍둥이 동생을 버렸다는 이야기를 듣고 앨리스 님의 부모를 용서할 수 없다는 마음이 컸다. 하지만 신녀의 부모라는 점은 변함없었다.

게다가 신녀를 보호하는 신전에서 그 부모가 불행해졌다는 사실은 외부에 알려져서는 안 됐다.

신녀를 잘못 데려왔다는 것이 알려지면 대신전의 체면이 땅에 떨어진다.

"당신에게 임무를 주겠습니다. 그 임무는 진짜 신녀님을 찾아서 데려오는 겁니다."

신녀를 데려오는 것.

영광스러운 역할이다. 하지만…… 그건 신녀에게 있어서 좋은 일일까. 물론 신녀와 함께하는 것이 가장 바람직한 대신전의 모습이다. 하지만 만약에 정말로 신녀를 맞아들인다고 한들, 그것이 신녀에게 가장 좋은 삶의 모습일까.

"신녀님을 데려오는 일 말입니까."

"네, 그렇습니다."

"그러면 앨리스 님은 어떻게 되는 겁니까?"

"그것까지는 아직 정하지 않았습니다."

"……그렇습니까."

"네. 일단은 진짜 신녀님을 보호하는 것이 우선입니다. 어린 나이에 버려져서 분명 구원을 바라고 계실 겁니다. 당장 도와드려야 합니다."

신관은 사명감을 띤 표정으로 그리 말했다. 앨리스 님과 쌍둥이라면 분명 아직 어린애겠지. 하지만 신녀의 힘을 가졌을지도 모르는 사람이 과연 위험한 상황에 처했을까.

……어쩌면 대신전에 오는 걸 바라지 않을 수도 있다. 대신전의 역할은 신녀를 보호하는 것이라고 하지만 정말 그럴까.

——대신전이 진짜 신녀를 맞아들이고 싶어 하는 것은 당연하다. 하지만…… 신녀와 대신전의 뜻이 다를 땐 어찌 해야 할까.

나는 머릿속으로 수많은 생각을 했다.

그러는 동안에도 신관은 말을 계속했다.

"꼭 당신에게 진짜 신녀님을 수색하는 임무를 맡기고 싶다고 진토 님께서 말씀하셨습니다. 또한 이것을 건네라고 하셨습니다. 진토 님께서 특별한 술법을 건 물건이니 받아 주십시오."

"……그 임무, 삼가 받들겠다고 전해 주십시오."

"네, 물론입니다."

나는 그렇게 말하고 팔찌를 받았다.

며칠 후, 나는 신녀님을 찾는 여행에 나서게 되었다.

다만…… 대신전의 뜻대로 신녀를 데리고 돌아갈지 말지는 아직 정하지 않았다. 일단 진짜 신녀라고 추정되는 소녀와 만나는 것, 그것이 첫 번째 목표였다.

5 소녀와 마물 퇴치

"──그 마물은 7년 전쯤부터 정령수 둥치에 눌러앉았다."

7년.

나는 할아버지 엘프── 시레바 (마침내 이름을 가르쳐 줬다.) 씨의 말을 들으며, 내가 살아온 세월과 별반 다르지 않은 긴 시간 동안 그 마물 때문에 고통받은 엘프들을 생각했다.

엘프라는 종족은 일반적으로 수명이 길다고 들었으니, 어쩌면 엘프들에게 7년은 내 생각보다 훨씬 짧을지도 모른다. 하지만 소중한 존재가 고통받는 7년은 역시 괴로운 시간이었으리라.

시레바 씨가 이야기를 꺼내자 엘프들의 표정이 가라앉았다.

시레바 씨는 엘프와 정령이 그 마물에게 잡아먹혔다고 했다. 누군가의 소중한 것이 마물에게 잡아먹힌다 생각하니 오싹했다.

내 오른쪽에는 나와 계약한 그리폰 중 하나인 레이마가 있었다. 그리고 그 주위에 다른 계약수들도 있었다. ……그리폰들과 시포도 마물이다. 나는 우연히…… 운 좋게 모두와 만나서 계약을 맺었다. 그리고 가족이 되었다.

혈육을 잃은 내가 만난, 피도 안 섞이고 생김새조차 다른 가족.

하지만 세상에 이런저런 사람이 있는 것처럼, 마물도 이런저런 마물이 있기에 모든 마물과 친해질 수는 없다.

"물론 우리도 처음부터 그 마물 말대로 제물을 바치진 않았어. 그 마물을 해치우려고 했다. 하지만…… 해치우지 못했어."

시레바 씨가 분한 얼굴로 말했다.

"그 마물은 우리 눈앞에서 동료를 먹었어. 그리고 언제든 우리를 잡아먹을 수 있었음에도 거래를 제안했다."

"그 마물, 말할 수 있어?"

아까 설명을 들었을 때는 의문을 가지지 않았었는데, 문득 그 마물은 말할 수 있는지 궁금해졌다.

나와 계약한 마물들은 말하지 못한다. 나와는 계약을 맺어서 소통할 수 있는데, 그 마물은 엘프와 직접 대화할 수 있는 걸까.

"……그 마물은 염화(念話)── 마음에 말을 거는 능력을 가졌어. 우리 마음에 직접 말을 걸어왔지. 모든 엘프가 잡아먹히게 둘 수는 없었어. 게다가 그대로 방치하면 마물이 정령수를 마음대로 다룰 테니, 정령수를…… 그대로 내버려 둘 수는 없었어. 그 결과, 우리는…… 제물을 바치게 된 거다."

엘프가 무찌르지 못한 마물.

나는 엘프들이 얼마나 큰 힘을 가졌는지 아직 모른다. 엘프와 만난 것은 이번이 처음이고, 엘프들이 쓰는 마법도 아직 못 봤다.

마법이 특기인 엘프도 무찌르지 못한 존재.

솔직히 어떤 마물일지 감이 안 온다.

"──엘프도 해치우지 못한 마물이란 어떤 마물이지? 엘프는 마법이 특기인 종족이라고 들었는데……."

오샤시오 씨가 입을 열었다. 동구 씨는 시레바 씨의 말을 듣고 생각에 잠겨 있었다.

"……마력을 먹는 마물이야. 식물 마물이지만 마법을 흡수해. 우리가 날린 마법을 흡수해서 상처입어도 다시 재생했어."

"마법을 흡수한다고?"

"나는 마력이 있는 건 전부 그 마물의 식량일 거라고 생각해. 그러니 마력이 흘러넘치는 정령수 둥치에 눌러앉은 거겠지……."

정령수, 본 적도 없는 그 나무를 생각했다.

정령이 태어나고 자라는 나무이자 엘프들에게 매우 소중한 것. 그리고 약해졌을 텐데도 내 말을 들어야 한다고 시레바 씨에게 말해 준 정령.

마물을 무찌르면 그 정령에게도 고맙다고 말할 수 있을까. 왜 그렇게 말해 줬는지 물어볼 수 있을까.

마력이 흘러넘치는 특별한 나무 둥치에 마력을 먹고 사는 마물이 눌러앉았다. 마력이 흘러넘치는 정령수와 마법을 잘 다루는 엘프는 마물에게 매우 먹음직스러운 식량일 것이다.

"마법 말고, 다른 걸 쓰면 되지 않아?"

나는 마법을 먹는다면 다른 방법으로 공격하면 되지 않느냐고 물었다.

"우리는 마법 외의 공격 수단이 거의 없어. 활도 그다지 효과가 없었어."

"……그럼, 수인과 그리폰이 함께 공격하면 효과가 있을까?"

"모르겠군."

엘프의 공격 수단은 마법이다. 마법을 흡수하는 마물을 상대하기에는 상성이 너무 나쁘다. 그렇기에 엘프들은 시키는 대로 따랐을 것이다. 그럼 마법 말고 다른 쪽으로 뛰어난 종족과 함께 싸우면 해결되는 문제이지 않을까.

하지만 생각해 보면 우리도 이곳에 엘프가 산다는 사실을 몰랐다. 엘프도 다른 종족이 어디 사는지 몰랐을 뿐더러, 엘프를 노예로 만드는 인간도 적지 않았다.

……그리고 가장 큰 이유는 엘프들이 다른 종족을 깔봐서가 아닐까. 그래서 협력이라는 방법을 떠올리지 못했을 것이다. 시레바 씨도 겨우 이름을 가르쳐 주긴 했지만, 인간은 하등 생물이라고 했으니까.

그래서 우리를 발견했을 때도 제물로 삼자고만 생각했지, 협력하자는 생각은 못 했다.

——수인들과 란 씨도 처음에는 내가 인간이라서 경계했었다. 하지만 지금은 사이좋게 지내고 있다.

'인간들이 그렇지 뭐.' 라는 편견이 없어졌기 때문이리라. '인간' 이 아니라 '레룬다' 와 '란드노' 로 봐 주기 때문이었다.

엘프들도 지금은 우리를 '수인들이, 인간들이 그렇지 뭐.' 하고 생각했다. 수인은 야만스럽고, 인간은 하등 생물이라고 말한 것은, 종족이라는 틀에 갇혀 판단하는 바람에 그런 거라고 생각하고 싶다. 그런 편견을 없애면 친해질 수 있으리라고 믿고 싶다.

"……우선은, 그래. 서로 뭘 할 수 있는지 확인하지. 그다음에는 그 마물에 관해 자세히 듣고 대책을 짜기로 할까. 우리는 엘프가 어떤 마법을 쓸 줄 아는지 전혀 몰라. 엘프들도 수인이 어떻게 싸우는지 모르잖아? 이 상태로는 서로 연계할 수 없어. 내키지 않을 수도 있지만, 엘프의 소중한 정령수와 정령을 지키기 위한 일이라고 생각하고, 어떤 마법을 쓸 수 있는지 알려 줬으면 해."

묵묵히 이야기를 듣던 동구 씨가 마침내 입을 열어 말했다.

시레바 씨는 동구 씨의 말에 잠시 생각하는 표정을 지었다. 아마 자신이 무엇을 할 수 있는지 되도록이면 이야기하고 싶지 않을 것이다.

더 친해지면 시레바 씨도 이런 딱딱한 표정을 짓는 게 아니라 웃어 줄까? 정령수 문제가 해결되면 시레바 씨나 다른 엘프도 웃어 줄까?

소중한 존재가 줄곧 곤경에 처해 있으면 신경도 계속 날카로워진다. 그 문제를 어떻게든 해결하면 복잡한 표정을 짓지 않아도 될 것이다.

"——우리의 특기는 마법이야. 자신의 마력으로 마법을 쓸 수도 있지만, 계약한 정령님의 힘을 빌려 마법을 쓸 수도 있어. 하지만 지금 정령님들은 정령수에서 못 쉬셔서 거의 힘을 잃었어."

정령수에서 쉬지 않으면 정령의 힘은 약해진다. 지금은 쉬지 못한다. 정령의 힘을 빌리는 마법을 쓰지 못해서 엘프들의 힘도 약해졌다.

——상대가 지능이 있는 마물이라면 정령이 쉬지 못하게 일부러 노린 걸까.

"마법의 종류는 불, 물, 바람, 땅, 번개, 어둠, 빛, 신성 마법이 있는데, 우리 마을에는 땅 마법이 특기인 자가 많아. 같은 엘프지만 불 속성 마법이 특기인 자도 있다고 들었는데, 나는 만나 본 적이 없어. 우리가 쓸 수 있는 건 흙을 이용한 마법으로 흙을 움직이는 게 특기지."

엘프들은 땅 속성 마법이 특기인 듯했다. 하지만 불 속성 마법이 특기인 엘프가 있다면, 사는 곳에 따라 능숙한 마법 속성이 각기 다른 걸까.

마법은 할머님에게 배우고 있지만 실제로는 잘 몰랐다. 나도 땅 마법을 쓸 수 있을까.

내가 어떤 마법을 쓸 수 있을지 아직 감이 안 오고, 마법으로 뭘 할 수 있을지도 모르겠다. 땅 속성 마법을 쓸 수 있다면 뭘 할 수 있을까.

"……땅 속성 마법으로 어떻게 마물을 공격했지?"

"흙으로 탄환을 만들거나 구덩이를 파 함정을 만들거나 했다."

……식물 마물에게 땅 마법은 상성이 나쁘지 않을까. 마력을 먹는 마물이 아니더라도, 식물에게 땅은 뿌리를 내리는 장소다.

그 마물이 지성을 가지고 있다면, 일부러 자신이 우위에 설 수 있는 상대를 고르고 정령수를 인질로—— 아니, 이런 경우에는 뭐라고 해야 하지? 수질(樹質)? 잘 모르겠지만 어쨌든 볼모로 삼아 엘프들을 지배했을 것이다.

하지만 마법은 굉장한 힘이니까, 상성 문제를 감안해도 대미지는 약간이나마 들어갔을 것이다. 마법을 쓰는 방식은 다양할 테니. 하지만 마법을 자세히는 모르기에 솔직히 마물과 어떻게 싸워야 할지 모르겠다.

나는 아마 신녀가 맞을 거라고 생각하지만, 아직 신녀의 힘은 잘 모르겠다. 내가 좀 더 신녀에 관해 알았다면 엘프들을 위해 힘을 빌려줄 수 있었을까.

그런 생각이 들었지만, 내가 모르는 것을 지금 당장 어찌할 수는 없었다.

조금씩 알아 나갈 수밖에 없다.

"——그렇군. 나중에 보여 주겠나? 우리는 마법을 본 적이 거의 없으니 눈으로 확인하지 않으면 어떤 건지 잘 몰라. 그리고 마법으로 어떻게 마물과 싸웠는지도 자세히 알고 싶어."

"……알겠다."

시레바 씨는 조금 불만스러워 보였지만 어쩔 수 없다는 듯 고개를 끄덕였다.

마법, 볼 수 있구나.

"그럼 다음으로 우리 수인에 관해서인데, 기본적으로 대부분은 마법을 못 써. 신체 강화 마법을 쓸 줄 아는 자가 있지만 그게 다야. 어쩌면 적성이 있는 자가 있을 수도 있지만, 적성을 측정하는 도구 같은 것도 없고, 우리 중에 정말 마법을 쓸 수 있는 자가 있는지는 몰라."

마력이 있는 자는 어쩌면 신체 강화 말고 다른 것도 쓸 수 있을지 모른다. 하지만 우리는 마법을 쓸 수 있는지 없는지도 모른다. 하지만 가이아스가 마력을 느낀 적이 있으니, 어쩌면 다른 수인 역시 마법을 쓸 수 있을지도 모른다.

우리는 그 뒤로 마물 퇴치 이야기를 계속했다.

하지만 어떻게 싸워야 할지 당장 판단을 내릴 수 있는 것도 아니어서 일단 의논을 마쳤다. 나는 그저 모두에게 보탬이 되도록 힘내자는 생각만 했다.

우리는 서로 협력해서 엘프에게 제물을 요구하는 마물과 대치하게 되었다.

이튿날, 나는 마물에 관해 더 알아야겠다고 생각해서, 란 씨와 내게 방을 내준 여성 엘프 웨타니 씨에게 이것저것 물어보았다.

시레바 씨가 말해 줬는데, 우리를 분담해서 엘프들에게 맡긴 것에는 모두를 감시하려는 목적도 있었다고 한다. 우리 모두가 한꺼번에 머물 만한 거대한 집이 없다는 이유도 있었던 것 같지만.

그리고 엘프 마을은 숲과 동화하듯 만들어져서 종종 마물이 찾아오는데, 신기하게도 우리가 온 뒤로는 그런 일이 거의 없어졌다고 했다. ……내가 이곳에 있기 때문일까.

"——이렇게 느긋하게 있어도 괜찮은 걸까요. 마물이 제물을 요구하는 상황인데."

"문제없습니다. 그 마물은 1년에 한 번만 제물을 요구하니까요. 제물을 바쳐야 하는 시기까지는 조금 남았습니다. 그 전에…… 마물을 퇴치하면 됩니다."

……엘프에게 있어 소중한 정령수를 볼모로 잡고 제물을 요구하는 지성 있는 마물. 그 마물이 1년에 한 번만 제물을 요구한다는 사실에 어쩐지 불길한 예감이 들었다.

왜 그 마물은 1년에 한 번만 제물을 요구할까. 엘프가 이기지 못할 만큼 강한 마물이라면 분명 전부 다 한꺼번에 잡아먹을 수도 있고, 제물을 바치는 시기도 좁힐 수 있을 텐데. 마치 조금씩…… 뭔가를 꾸미는 것 같다.

식은땀이 흘렀다.

매우 안 좋은 예감이 들었다.

웨타니 씨는 제물을 바치는 시기까지 시간이 있으니까 초조해하지 않아도 된다고 말했지만, 정말로 괜찮은 걸까.

엘프는 우리를 제물로 삼으려고 했었다. 하지만 제물을 바치는 것은 1년에 한 번이다. 우리가 눈치채지 못하게 1년마다 바치려고 했던 걸까.

여러 가지 의문이 들었다.

"왜 1년에 한 번뿐인가? 이건 제 추측이지만, 그 마물은 우리가 고통스러워 하는 것을 즐기는 게 아닐까요. 언제든 우리를 죽일 수 있는데도 1년에 한 번씩만 제물을 요구했어요. 언제든 우리를 죽일 수 있다며 깔보고 있기 때문이겠죠……. 제물을 바치면 그 마물은 놀라우리만큼 얌전해요. 처음에는 우리도 제물을 바치면 얌전히 있겠다는 건 거짓말이라고 생각했어요. 하지만 마물은 그 말을 지키고 있어요."

웨타니 씨가 자신의 추측을 말했다.

마물이 1년에 한 번만 제물을 요구하는 것은 엘프들을 괴롭히기 위해서라고. 정말로 그럴까.

결과적으로 그 마물은 무슨 속셈인 걸까.

나와 계약한 마물인 그리폰들과 시포는 아주 상냥하다. 나는 모두를 사랑하고 가족으로 여긴다. 하지만 그 마물은 다르다. 나는 모두와 사이좋게 지내고 싶고, 심지어 그 마물과도 그러고 싶다는 마음이 조금은 있었다.

하지만 엘프와 정령을 잡아먹고, 엘프가 소중히 여기는 정령수 근처에 눌러앉았으니까…… 무찌를 수 밖에 없다.

나는 공존할 수만 있다면 사이좋게 지내고 싶다고 진심으로 바랐다. 하지만…… 그 마물은 그럴 수 없는 상대니까.

"그런가요."

나는 웨타니 씨의 말에 그렇게 대답할 수밖에 없었다. 정말로 그런 걸까 하고 이런저런 생각이 들었지만, 어느 것 하나도 제대로 갈피를 못 잡아서 입 밖에 낼 수 없었다. 나중에 란 씨와 얘기해 봐야지.

나는 수인 아이들을 만나러 갔다. 수인 남자아이인 이루케사이와 루체노는 아토스 씨가 죽은 뒤부터 기운이 없었다.

처음 만났을 때는 내 머리가 길다며 잡아당길 정도로 개구쟁이였는데. 물론 그 뒤로 친해졌지만.

아토스 씨가 죽고 다들 이런저런 생각이 들었을 것이다. 나와 가이아스가 생각을 거듭한 끝에 맹세한 것처럼, 다들 같은 생각일 것이다.

마물을 퇴치한다는 계획은 모두에게 전달되어, 수인 아이들도 알게 됐다.

아토스 씨가 죽은 것은 수인들에게 충격적인 일이었다. 다른 수인들보다 함께 지낸 시간이 짧은 나도 그렇게나 충격을 받았으니 당연했다.

그런 와중에 이번에는 마물 퇴치 소식이 들려온 것이다. —— 나도 불안했고, 다른 아이들도 그랬다.

"마물 퇴치…… 레룬다도 참가할 거야?"

"……그럴 생각이야."

함께 마물과 싸워야 한다고 말한 사람은 나니까.

그리고 그리폰들과 시포도 함께 싸우겠다고 했다. 내가 전선에 서는 것에는 반대했지만, 나는 같이 싸우고 싶다. 보고만 있는 건 싫으니까.

"——그럼 우리도 참가하고 싶어!!"

"아는 사람이 갑자기 사라지는 건 싫어."

이루케사이와 루체노가 그렇게 말했다.

나랑 똑같구나.

다들 함께 싸우고 싶은 것이다. 우리는 정신을 차려 보니 아토스 씨라는 소중한 사람을 잃은 뒤였다. 가이아스와 나는 소중한 사람을 더는 잃고 싶지 않았기에 서로에게 맹세했다.

하지만 가이아스와 나만 그렇게 생각한 것이 아니었다. 수인 아이들도 똑같은 마음을 품고 있었다.

"……동구 씨한테, 말하러 가자."

참가할 수 있을지는 모르겠지만 그래도 같이 싸우고자 하는 마음은 확실하니까. 하지만 만약, 만약에…… 정말로 슬프게도 내가 분명 해낼 수 있을 거라고 했지만, 결국 실패한다면 다들 사라져 버리게 된다.

최악의 경우에는 다들 죽고 참가하지 않은 사람들만 살아남을지도 모른다. 그것은 싫다. 함께 싸우지 않고 나 혼자 남아서 아무것도 못 한 채, 모두가 사라져 버리는 건── 싫다. 그러니까…… 나는 내가 할 수 있는 일이라면 뭐라도 하고 싶다.

다들 똑같은 마음을 품고 있었다.

아이건 어른이건 다들 서로를 소중하게 여기고 있기에.

그렇게 생각해서 우리는 동구 씨에게 갔다. 아무것도 못 하고 가만히 있는 건 싫으니 마물 퇴치에 참가하겠다고 전하러 갔다.

우리의 말을 듣고 시레바 씨와 동구 씨는 복잡한 표정을 지었다. 우리는 아직 어린아이니까 얼마나 도움이 될지는 모른다. 하지만 어린아이라도 도울 수 있는 게 분명 있을 것이다.

그저 기다리기만 하는 건 싫다는 마음이 있으니까.

시레바 씨와 동구 씨는 복잡한 표정을 지었지만, 열심히 우리의 뜻을 전하자 "어쩔 수 없지."라고 말했다. 단, 위험한 마물에게는 다가가지 말라고 했다.

"직접 싸우지 않더라도 함께할 수 있으니, 마물을 공격하는 건 우리 어른이 하겠어."

동구 씨는 그렇게 말했다.

직접 싸우지 않더라도 함께할 수 있다고.

그런 생각은 못했다. 싸운다는 건, 직접 덤비는 방법밖에 없다고 생각했었다. 하지만 이제는 멀리서 모두를 돕는 것도 함께 싸우는 것임을 깨달았다.

우리가 어떻게 도울 수 있을지는 모르겠지만, 분명 할 수 있는 게 있을 터다.

"——멀리서, 공격, 할 수 있어?"

"식물 마물이라면 태우는 게 가장 좋겠지만, 멀리서 불을 지르면——."

"정령수에도 불이 번질 거야!!"

식물을 공격하는 가장 효과적인 방법은 태우는 것이리라. 하지만 불을 지르면 숲도 함께 불탄다. 엘프가 소중히 여기는 정령수도 불탈 것이다.

만약 엘프가 정령수와 숲을 소중히 여기지 않았다면, 태워 버리면 그만이었다. 하지만 그럴 수 없기에 마물이 엘프를 계속 괴롭히는 것이었다.

"어떤 마물이든 약점이 있을 텐데. 그 마물의 약점을 아나?"

"아니. 알았다면 고생하지 않았겠지."

약점을 모른다. 식물 마물의 약점이 뭘까 생각했지만, 불 밖에 안 떠올랐다. 마물을 무찌르기 위한 정보를 좀 더 찾아야 했다.

시레바 씨와 동구 씨는 마물을 무찌르기 위해 둘이서 의논했다.

나를 포함한 아이들은 엘프들과 함께 약 조제를 돕기로 했다. 모두를 위해 뭔가를 하고 싶다는 것은 우리의 공통된 생각이었다. 마물과 싸울 때, 뭘 어떻게 도우면 좋을지 고민하다가 부상자를 치료하는 사람이 필요하다고 생각했다.

내게 신성 마법 적성이 있는 것은 알지만 제대로 사용할 줄은 몰랐다. 내가 제대로 신성 마법을 쓰면 마물과의 전투에 도움이 될 것이다.

하지만…… 엘프에게 물어보니 이 마을에도 신성 마법을 쓸 줄 아는 사람은 없다고 했다. 할머님에게 마법 수업을 들어도 이해가 잘 안됐던 것을 보면, 정말로 신성 마법은 특별한 속성이라는 생각이 들었다.

가이아스와 맹세한 뒤로, 나는 내가 할 수 있는 일이라면 뭐든 하고 싶다고 생각했다. 하지만 상황이 좀처럼 이상적으로 굴러가지 않았다.

——나는 아직까지 내가 신녀일지도 모른다는 사실을 란 씨와 가이아스에게만 말했다.

아마 나는 마물 앞에 서더라도 다치지 않을 것이다.

그래서…… 마물과 직접 싸워도 괜찮겠지 싶었다. 하지만 다른 사람들은 그렇지 않다. 나는 다치지 않더라도—— 다른 사람들이 다치고 만다.

마물과 싸우기 전에 동구 씨한테만이라도 말하는 편이 좋을까.

신녀라는 영향력 있는 자가 나타난 뒤로, 여러 가지 일이 일어나고 있었다.

니르시 씨네 마을이 습격받은 것도 그렇고…… 아토스 씨가 그렇게 죽은 것도. ……신녀의 영향력은 굉장했다.

신녀가 있으면 전부 행복해지는 것처럼 알려져 있지만, 그 행복은 누구 시점에서의 행복일까. 신녀가 있는 나라? 그러면 신녀가 있는 나라와 적대하는 사람은 불행해지나?

나는 약을 조제하며 신녀에 관해 생각했다. 한쪽에서 보면 풍족하고 행복해 보이지만, 다른 쪽에서 보면 전혀 그렇지 않을 때도 있어서 어려웠다. ——일단 란 씨랑 같이 동구 씨에게 가서 말하자. 역시 마물과 싸우기 전에 말해 두는 편이 좋을 것 같다.

——나는 내가 신녀일지도 모른다고 동구 씨에게 전했다.

◆

마물을 퇴치하기 전에 먼저 꼼꼼하게 준비했다.

마물은 제물을 바치는 날을 며칠 앞두고서 퇴치하기로 했다.

우리는 제물을 바치기 전에 마물을 무찌르기로 결정했다. 정해진 날에 제물을 안 바치면 마물이 경계할 것이다. 우리의 마물 퇴치 계획을 눈치채고 엘프가 소중히 여기는 정령을 먹어 치울지도 모른다.

그러니 그 전에 마물을 퇴치하고 싶다고 했는데, 그때까지는 아직 몇 달이 남았다.

그동안에 최대한 완벽하게 준비해야 했다. ——전투에서 패배하면 모두를 잃을지도 모른다. 아니, 아마 그리 될 게 분명하다.

……내가 신녀일지도 모른다고 알리자, 동구 씨는 놀라면서도 알겠다는 표정을 지었다. 내가 신녀라면 이것저것 이해가 간다고 했다.

신녀는 모든 일이 잘 풀리는 것처럼 알려졌지만, 사실 삶이란 건 그렇게 순탄하지 않다고 했다.

그리고 동구 씨에게 아토스 씨가 죽은 건 나 때문일지도 모른다고 다시금 사과했는데, 란 씨처럼 내 탓이 아니라고 말해 줬다.

내가 신녀일지도 모른다고 알리면 뭔가가 바뀔까 봐, 미움받을까 봐 무서웠었다. 하지만 란 씨처럼, 동구 씨는 내가 신녀일지도 모른다는 것을 이해해 줬고, 내 탓이 아니니 신경 쓰지 말라고 했다. 오히려 정말 신녀라면 수인들이 도움을 받는 거라고 말했다.

내가 신녀일지도 모른다는 말을 듣고도 동구 씨는 변함없었다. 마물을 퇴치할 때 위험한 곳으로 가라고도 하지 않았다. 나는 모두를 위해서라면 그래도 상관없지만, 안 그래도 된다고 했다.

——아직 어리니까.

어쨌든 마물을 퇴치하러 가기 전에 마법을 더 잘 쓰고 싶어서 엘프에게 마법을 배웠다. 이 마을 엘프의 특기인 땅 마법도 배웠지만 마음처럼 잘 되지 않았다.

마법을 더 잘 쓰고 싶다. ——마물을 어떻게든 처리하면, 아니, 다 같이 어떻게든 퇴치할 거니까, 퇴치하고 나면 나중을 위해서라도 마법을 배워야겠다. 내 전투 능력을 더 기르고 싶다.

여하튼 당장 능숙하게 마법을 쓰기란 어려웠다. 나는 어중간했다. 신녀라고는 해도, 신녀가 어떤 힘을 가지고 있는지 몰랐다.

"할머님, 나는 마물 상대로, 뭘 할 수 있을까?"

곧 마물을 퇴치해야 하는 상황에 이르러서 할머님에게 그렇게 물었다.

할머님은 거동이 불편하니 후방에서 우리를 지원해 주겠다고 했다. 우리에게는 여유가 없었다. 그렇기에 어린아이인 나나 고령인 할머님도 움직여야 했다.

“모든 생물에게는 약점이 있단다. 아무리 그 마물이 강대한 힘을 가졌어도 반드시 어딘가에 약점이 있을 테지. 예를 들어 하늘을 나는 마물은 날개가 떨어지면 기동력을 잃고, 다리로 이동하는 마물은 발이 망가지면 못 움직이지. 그렇게 만들 수 있을지는 또 다른 얘기지만, 아무튼 어딘가 약점은 반드시 있을 거란다.”

할머님은 내게 그렇게 말했다.

마물은 강대한 힘을 가진 경우가 많지만, 그런 힘을 가졌더라도 약점은 반드시 있다고.

“……응. 할머님, 불은 최후의 수단. 다른 건, 없을까?”

“흐음. 식물은 줄기를 꺾으면 조금은 효과가 있겠지만…… 마법을 쓸 줄 아는 엘프도 졌으니, 그 방법으로 그리 쉽게 이길 수는 없겠지.”

“응……. 하지만, 그 마물에게도 아마, 약점은 있겠지?”

나는 할머님의 말을 듣고 그렇게 물었다.

숲속에서 불은 쓸 수 없다. 그렇다면 마물을 무찌를 다른 수단이 필요했다.

엘프들도 해치우지 못한 상대에게 어떤 약점이 있을까. 어떻게 하면 무찌를 수 있을까.

“아마 있겠지. 완벽한 생물 같은 건 없단다. 반드시 어딘가에 급소가 있을 거야. 싸우기 전에 그 급소를 알아 뒀다면 좋았겠지만…… 아쉽게도 모르는 상태로 부딪쳐야 해. 그러니 싸우면서 급소를 찾아내는 게 마물을 해치울 열쇠라고 할 수 있지."

"……급소를 찾아내는 게 열쇠."

"그래. 그러니까 레룬다. 나는 레룬다가 위험한 일은 안 했으면 하지만, 마물과 직접 대치하여 싸울 거라면 마물의 급소를 찾아 줬으면 좋겠구나. 레룬다는 우리와 달리 마법을 쓸 수 있고, 정령도 느낄 수 있잖니? 그렇다면 분명 우리와는 다른 관점으로 마물을 볼 수 있을 거다."

"……응. 나, 마물 퇴치하면서, 약점, 찾을게."

"그래. 그러면 이길 확률이 올라갈 거야. 하지만 레룬다는 아직 어리니 무리는 하지 말려무나. 아무리 마법을 쓸 수 있어도, 그리폰님들과 계약을 맺었어도 레룬다는 아직 여덟 살이니까."

"……응."

"마물에게 지면 다들 죽을지도 몰라. 하지만 이기려고 무리하다 레룬다가 죽는 건, 날 포함해 다른 누구도 원치 않는단다."

"……응. 무리 안 할게."

내가 그렇게 말하며 고개를 끄덕이자, 할머님은 자상하게 웃으며 내 머리를 쓰다듬어 줬다.

아이니까 괜찮다고 어른들은 말한다. 란 씨도 안달 내지 않아도 된다고, 조금씩 알아 가면 된다고 했다. 하지만 나는—— 역시 부족하다 생각하고 말았다. 안달 내면 안 된다는 걸 알면서도 그렇게 생각하는 것은 스스로가 무력하다고 생각하기 때문일까.

할머님에게 이야기를 들은 후, 가이아스와 조금 얘기했다.

"……가이아스, 힘내자."

"그래."

"아무도 안 죽었으면 좋겠어."

아무도 죽지 않았으면 좋겠다. 누구도 잃고 싶지 않다. 아토스 씨를 잃은 아픔이 줄곧 우리 마음에 남아 있었다. 다시는 소중한 사람을 잃고 싶지 않았다.

그렇게 생각했기에── 나와 가이아스는 맹세했다.

모두가 웃을 수 있는 장소를 만들고 싶다. 그 꿈같은 이상을 이루기 위해서라도 누구도 잃고 싶지 않았다.

가이아스와 함께 맹세했을 때는 아직 엘프들과 만나지 않았었지만, 나는 엘프들도 '모두'에 넣고 싶었다. 아니, 넣어서 생각하고 있었다.

나와 가이아스뿐만이 아니라, 다 같이 웃을 수 있는 장소를 만들고 싶었다.

누구 한 명 빠뜨리고 싶지 않았다. 그건 어려울지도 모르고, 그저 이상론일 뿐일지도 모른다. 누구 한 명 빠뜨리고 싶지 않지만, 나나 가이아스는 아직 그럴 만한 힘이 없었다.

"……누군가가 죽는 건 싫으니 말이지."

"응……. 그러니까, 아무도 안 죽었으면 좋겠어."

누구도 죽게 하지 않겠다고 장담할 수 있을 정도로 강해지는 것이 제일이다. 하지만 지금 나는 그 정도로 강하지 않아서 장담할 수 없었다. 나는 주먹을 꽉 쥐었다.

마물과 싸운다.

생각만 해도 몸이 떨리려고 했다.

그리폰들과 시포와 함께 지내며 마물 자체에는 익숙해졌다. 하지만 적대적인 마물과는 만난 적이 없었다.

"가이아스는…… 사냥을 하니까."

"맞아. 하지만 지능이 있는 마물과 싸우는 건 처음이고, 엘프가 이기지 못했을 만큼 강하다니 무섭기도 해……."

"응……."

"그래도 이겨야만 해. 이기지 못하면 꿈도 이룰 수 없으니까."

"응……."

꿈을 이루고 싶으니까. 다 같이 웃을 수 있는 장소를 만들고 싶으니까. 그러기 위해서는 모두가 있어야 하니까.

둘이서 이야기하며 이기자고 의욕을 다졌다.

――이윽고 마물을 퇴치하는 날이 되었다.

◆

드디어 마물을 퇴치하러 간다.

마물과 마주해야 한다는 두려움, 목표를 달성해야 한다는 생각 등…… 많은 감정이 내 안에 뒤섞여 있었다.

나는 아이들과 함께 걸었다.

우리는 첫 번째로 후방 지원을 생각하고 있었다. 직접 마물과 싸울 힘은 없으니까. 막상 마물과 싸우려고 하니 한층 더 실감하게 됐다.

새끼 그리폰들도 우리와 함께 후방 지원 역할을 맡았다.

식물 마물, 무시무시한 마물, 엘프에게 제물을 요구하는 마물.

이제부터 그 마물과 대치한다.

무서웠다.

옆에 있는 가이아스의 손을 나도 모르게 꽉 잡고 말았다. 가이아스도 내 손을 꽉 맞잡았다. 가이아스도 불안하구나.

다른 아이들의 손도 잡았다. 불안해 보였으니까. 나도 불안하고, 다들 불안하지만, 그저 보고만 있는 건 싫으니까.

서로 손을 꽉 잡으며 힘내자고 결의했다.

엘프 마을에서 걸어서 두 시간쯤 걸리는 곳에 정령수가 있었다. 이렇게 먼 곳에 있는 것은 마물이 나타나서 마을을 옮겼기 때문이었다. 안전을 위해 최소한의 거리를 둬야 했으니까.

한참 걸어가니 거대한 나무가 제일 먼저 눈에 들어왔다. 조금 빛나는 것처럼 보였다. 분명 거리가 떨어져 있을 텐데도 그 나무의 존재감은 굉장했다. 환상적인 광경이었다. 나는 그 광경에 숨을 삼키고서 더 가까이 가고 싶다고 생각했다. 하지만 나를 멈춰 세우는 목소리가 있었다.

"그 이상 다가가지 마라."

시레바 씨가 내게 말했다. 나는 발을 멈췄다.

그랬지, 참. 정령수 둥치에는 마물이 있었다. 가까이 가고 싶어도 다가가선 안 됐다.

마물은…… 엘프들을 괴롭히며 제물을 요구하는 마물은 어디 있는 걸까. 나는 불안해하며 주위를 둘러보았지만, 마물은 발견하지 못했다.

이곳은 숲속이라서 식물이 많았다.

"저기 있는 게 그 마물이야."

끔찍하다는 듯 말하는 시레바 씨의 목소리가 들렸다.

시레바 씨가 가리킨 곳은 정령수의 둥치였다.

정령수와 일체화된 건 아닐까 싶을 만큼 가까운 곳에 커다란 꽃이 있었다. ……정령수보다는 작았다. 하지만 일반적인 식물과 비교하면 줄기가 굵었다. 그 굵은 줄기에서 가느다란 줄기가 무수히 갈라져 나와 있었다. 커다랗디 커다란 빨간 꽃. 그 꽃은 아래를 향하고 있었다. 땅에 엎드려 있던 그것이—— 마치 사람이 고개를 드는 것처럼 올라왔다.

빨간 꽃잎의 중심부는 파랬는데 그 부분이 열리기 시작했다. 저게 입인 걸까.

저 입으로 엘프를 잡아먹은 걸까. 그저 상상했을 뿐인데도 두려워서 몸이 부르르 떨렸다.

"——아직 우리를 알아차리지 못한 것 같군."

시레바 씨는 안도한 듯 한숨을 쉬었다.

멀찍이서 본 건데도 불구하고 식물 마물은 너무나 컸다. 멀리서도 이런데 실제로는 얼마나 큰 걸까.

"……우리는 정령수의 이름 아래 저 마물을 무찌른다. 실패는 허락되지 않는다. 실패하면 죽을 뿐이다."

시레바 씨는 엘프들을 둘러보며 말했다.

"——이대로 계속 제물이 될 수는 없다. 하지만 우리의 힘만으로는 이길 수 없다. 그 점은 마음에 안 들지만, 우리는 수인의 힘을 빌려 마물을 해치울 것이다. 미래를 열기 위해서는 저것을 무찔러야 한다. ……레룬다."

엘프들에게 말하던 시레바 씨가 나를 보았다.

"……너를 계기로 우리는 결심했다. 그 점은 고맙다. 우리는 이길 수 없다고 포기한 채, 싸우지도 않았어. 하지만 너는 할 수 있다고 했으니, 나도 그 말을 믿겠다. 정령님도 너의 의견에 찬동하신 것 같고 말이지."

시레바 씨는 그렇게 말하고 고개를 돌렸다.

"그럼 가자. 준비는 됐나? 수인."

"……준비는 됐지만, 슬슬 이름으로 불러 줬으면 하는데."

"……이 싸움에서 이기면 불러 주마."

그것이 전투 개시 신호였다.

저 앞에 보이는 마물에게 가장 큰 대미지를 줄 수 있는 타이밍을 쟀다.

마물이 다시 엎드린 순간, 모두가 움직였다.

그리폰과 시포.

엘프.

수인.

모두가——마물에게 향했다.

내 옆에는 와농과 새끼 그리폰들, 가이아스를 포함한 아이들,

그리고 후방 지원을 위해 남은 엘프와 수인이 있었다.
나는 내가 할 수 있는 일이라면 뭐든지 할 거다.
뭘 할 수 있을진 모르겠지만, 그래도── 모두를 위해 힘내자.
그렇게 생각한 내 앞에서 마물은── 현실을 보여 줬다.

순식간에 벌어진 일이었다.
어느새 마물은 일어나 있었다. 일어나서 줄기와 잎을 구불구불 움직였다. 그리고 달려든 모두를 쓸어 버렸다.
엘프들이 날린 땅 마법도.
수인들이 휘두른 무기도.
그리폰들과 시포의 공격도.
거대한 마물은 가느다란 줄기로 전부 쓸어 버렸다.
조금 전까지 숙이고 있었을 터인 꽃의 입이 벌어져 있었다. 그 입 속에서 파란 혀가 보였다.
《먹이 주제에 아직도 내게 덤비는 건가.》
위화감이 드는 목소리였다. 입으로 말하는 것이 아니라 다른 무언가로 우리에게 말하는 것 같았다. 이게 바로 시레바 씨가 말했던 염화일까.
그 목소리를 듣고 나는 몸을 떨었다.
먹이라고 했다.
마물은 엘프도, 수인도, 아마 나도 먹이로만 생각할 것이다.
줄기에 맞은 몇 명이 쓰러져 있었다. 우리에게 말을 걸어온 무시무시한 마물이 순식간에 공격을 적중시켰다.

마물은 쓰러진 이들에게 추가타를 가하지 않고 말을 걸어왔다. 여유롭다고 생각하기 때문이었다.

우리를 마음대로 할 수 있다고, 상대도 안 된다고 생각하는 듯했다. 정말로 무서운 일이었다.

《이깐 짐승의 힘을 빌리면 이길 수 있을 줄 알았나? 나를 아주 우습게 봤군.》

한없이 차분한 목소리가 울렸다.

마물이 말하는 동안 쓰러졌던 사람들이 일어났다. 시레바 씨가 마물을 노려보았다.

"——기습은 실패했나. 하나 우리는 네놈의 먹이가 아니다!!"

《먹이가 아니면 뭐란 말이지? 먹이 주제에 시끄럽구나.》

——먹이. 식사. 생물이라면 당연히 해야 하는 것. 나도 뭔가를 먹으며 살고 있다. 내가 나무 열매를 먹거리로 인식하고 먹는 것처럼. 이 마물도 우리를 먹거리로만 인식하고 있을 것이다. 우리가 사냥할 때 반격당하는 것처럼, 이 마물은 우리를 사냥하려 하다가 반격당했다.

——그렇게 생각하면 이 마물도 어떤 의미에서 우리와 같았다.

하지만 나는 나의 소중한 사람들이 미소 짓기를 바란다. 사이좋게 지내고 싶은 사람들을 위해 힘이 되고 싶다. 그리고 모두를 잃고 싶지 않다.

그러니 이기적인 생각일지도 모르지만, 이 마물을 무찌르겠다. 나는—— 더는 소중한 사람을 잃고 싶지 않으니까.

《뭐, 좋아. 그렇다면 너희가 내 먹이라는 걸 깨닫게 해 주마.》

마물은 거침없이 그런 무서운 말을 했다.

그리고 시레바 씨 쪽으로 가느다란 줄기를 뻗었다. 동구 씨, 오샤시오 씨, 시노룬 씨가 그 앞을 막아섰다.

시레바 씨는 마법은 쓸 줄 알아도 신체 능력은 낮았다. 그것이 엘프라는 종족의 특징이니, 마물에게 붙잡히면 잠시도 버티지 못할 것이다. 그 앞에 세 사람이 서서 장검으로 대응했다. 아까 공격이 막히긴 했지만, 마물 자체는 검으로 자를 수 있는 듯했다. 다만 줄기가 단단해서 쉽사리 절단할 수 없는 듯했다.

마물은 시레바 씨를 잡아먹을 생각인지 다른 사람에게는 손대지 않았다. 이렇게 마물이 방심한 틈에 어떻게든 할 수 없을까? 할머님이 말했던 약점을 찾을 수 없을까?

그렇게 생각하고 있는데, 마물의 뒤에서 공격하는 사람이 보였다. 하지만 마물은 뒤에도 눈이 달렸나 싶은 속도로 대처했다.

마물은 우리를 전멸시킬 생각이 없을 것이다. 그럴 작정이었으면 진작에 잡아먹었으리라.

수인들의 방해에도 마물은 꿈쩍 않고 시레바 씨를 향해 줄기를 뻗었다. 그리고 시레바 씨를 휘감으려고 했지만, 이번에는 다른 사람이 그것을 저지했다. 저지하려는 자와 달려들려는 자. 하지만 상황은 좀처럼 변하지 않았다.

……저 마물, 이 상황을 즐기는 걸까? 식물 마물에 표정이라 할 만한 게 있는지는 모르겠지만, 그런 표정을 지은 것처럼 보였다.

대체 왜 시레바 씨를 노리면서도 못 잡는 척을 하는 걸까? 그리고 처음에 공격당한 뒤로, 하늘을 날고 있는 그리폰과 시포는 왜 마물을 살피며 경계하는 걸까? 공격할 타이밍을 재고 있나?

시포는 불 마법을 쓸 수 있으니까 그걸로 공격하는 게 어떠냐는 의견도 나왔었다. 하지만 정령수까지 태워 버리면 큰일이라서 기각되었다. 그러니 불 마법을 쓰려는 것은 아닐 터다.

그러는 사이, 누군가가 마물의 가느다란 줄기를 어떻게든 잘라 낸 것 같았다. 줄기 자르기에 성공하자 환호성이 일었다. 절단된 줄기 일부가 이쪽으로 데구루루 굴러왔다. 마물에게 더 공격을 가하자며 모두가 기합을 넣고 달려드는 가운데, 하늘에 있는 그리폰들과 시포는 이쪽으로 굴러오는 줄기에 시선을 고정했다.

그 순간, 잘린 줄기가 우리 바로 근처에서 혼자서 움직였다. 본체에서 잘려 나가도 줄기 일부를 움직일 수 있는 듯했다. 그 줄기가 우리를 공격하려고 했다.

그 줄기를 노리고 레이마가 달려들었다. 레이마는 이쪽으로 오는 줄기 일부를 커다란 발톱으로 콱 눌렀다. 그 구속에서 벗어나려고 날뛰는 줄기가 지면을 도려냈다.

이쪽을 노리고 있었나? 먼 거리인데도 눈치채고 있었던 걸까? 나는 마물 쪽을 바라보았다.

——마물은 내 쪽으로 몸을 돌린 채, 나를 똑바로 보고 있었다.

《거기 있는 계집, 맛있어 보이는 마력을 가졌군.》

무시무시한 목소리가 울렸다.

주위를 둘러보았다. 같이 있는 아이들에게는 안 들리는 것 같았다. 내가 흠칫한 것을 보고 가이아스가 걱정하는 시선을 보냈다.
마물이 내게 말을 걸고 있었다. 내 마력이 맛있어 보인다고 했다. ……그런가. 마물은 마음에 말을 거니까, 맨 처음에 '너희는 먹이' 라고 했을 때부터 여기 있는 우리까지 확실하게 파악했던 거다. 심지어 한 명에게만 말을 거는 것도 가능했다니.
《너를 먹게 해 주면 다른 자들은 그냥 보내 줄 수도 있다.》
마물이 내게 말했다.
──거래를 제안했다.
《내게 먹혀라. 그 극상의 마력을 내놔라. 그러면 다른 자들은 죽이지 않겠다.》
마물은 무섭도록 낮은 목소리로 말했다.
《어서 내게 몸을 바쳐라. 바치지 않는다면…….》
마물이 시레바 씨를 붙잡더니 가까이 끌어당겼다.
《이자를 잡아먹겠다.》
마물은 그렇게 말했다.
맛있어 보이는 나를 먹을 수 있다면 다른 사람들은 손대지 않겠다고. 내가 얌전히 붙잡힌다면 다른 사람들은 그냥 보내 주겠다고. 이에 응하지 않는다면 시레바 씨를 잡아먹겠다고.
시간이 없었다.
당장에라도 시레바 씨를 입에 넣으려고 했다.
나는 어떻게 해야 할까.
길게 생각할 여유는 없었다.
다른 사람에게 물어볼 시간도 없었다.

나는, 나는――.

"시포!"

정신 차리고 보니, 나는 시포를 부르고 있었다.

시포는 내 목소리에 답해 줬다. 나는 만류하는 아이들을 무시하고 옆에 온 시포의 등에 올라탔다.

"부탁해, 시포. 나를, 저기까지 데려다줘."

고민할 겨를이 없었다. 내가 생각하는 대로 곧장 행동해야 했다. 나는 더 이상 누구도 잃고 싶지 않았다.

시포는 내 말에 따라 줬다. 내 눈을 보고는 내가 뭔가 하려는 것을 눈치채고, 그에 따라 줬다. 시포는 나를 믿었다. 내가 뭘 하려는지 모를 텐데도 믿어 줬다. 그렇기에 나를 태우고 날고 있었다.

마물과의 거리가 줄어들었다.

마물이 미소 지은 것 같았다.

나라는 사냥감이 가까워지자, 나를 먹을 수 있다며 기뻐하는 것처럼 보였다.

눈앞에 있는 마물이 무서웠다. 그런 마물에게 다가가는 것도.

하지만 무서운 게 뭐 대수란 말인가. 무섭다고 행동하지 않으면 소중한 사람을 잃을 뿐이다.

마물은 다가오는 나를 보고 시레바 씨를 놓아줬다. 그리고 나를 향해 가느다란 줄기를 뻗었다.

하지만 나는 순순히 잡히지 않았다.

그러자 마물이 움직임을 멈췄다.

"나는…… 먹히지, 않을 거야."

나는 시포 위에서 내 의사를 밝혔다.

마물은 여전히 멈춰 있었다. 내가 얌전히 몸을 바칠 줄 알았을 것이다.

확실히…… 예전의 나였다면 그랬을지도 모른다. 부모님에게 버려지고, 모두와 처음 만났을 무렵의 나였다면.

하지만 모두가 나를 소중히 여긴다는 것을 잘 알고, 다시금 실감했다. 내 착각이 아니라 사실이라는 것을, 기쁘게도 나는 알고 있었다.

처음 신성 마법을 썼을 때 가이아스가 했던 말을 기억한다. 나는 내가 어떻게 되든 모두가 살아난다면 괜찮다고 생각했었다. 하지만 가이아스에게 자기 자신을 소중히 여기라며 혼났다.

다들 나를 소중히 여긴다고 말해 줬다. 그렇게 혼난 것도, 소중하다는 말을 들은 것도 처음이었다.

란 씨가 했던 '모두를 살려 주겠다며 누군가가 교섭해 올 수도 있다' 라는 말을 기억한다. 그 당시 나는 좋은 이야기라고 생각했었다. 하지만 그 교섭에 응한다고 해서 모두가 행복해질지는 불확실하다고 했다. 그럴싸하게 꾸미고서 나중에 약속을 깨고 오히려 해를 끼칠 수도 있다고 했다. 란 씨도 소중한 사람이 희생되는 것을 바라지 않는다고 말했다.

두 사람이 가르쳐 줬다. 모두가 말과 행동으로 보여 줬다.

그러니 내가 여기서 몸을 던져도 다들 기뻐하지 않는다. 애초에 내가 몸을 바친다고 마물이 모두를 안 먹을 거라는 보장은 없다.

——내가 이렇게 가까이 온 것은 마물을 방심시키기 위해서다.

내가 다가오면 나를 먹으려는 생각으로 가득 차서 빈틈을 보일 테니까. 방심시켜서 할머님이 말했던 약점을 찾을 생각이었다.

나는 시포에 탄 채 마물을 바라보았다.

마물은 웃고 있었다.

《호오, 어리석은 선택을 하는구나. 그렇다면 강제로라도 먹을 따름이다.》

그 말과 동시에 멈춰 있던 마물이 움직이기 시작했다.

시포는 나를 노리는 마물의 줄기와 잎을 솜씨 좋게 피하더니 빠른 속도로 하늘을 달렸다.

마물은 나를 극상의 사냥감이라고 생각하고 있었다.

그 사실이 무서웠다. 그리고 시포에 탄 적은 많았지만, 시포가 이렇게나 속도를 낸 것은 처음이었다. 나는 시포의 몸에 필사적으로 매달렸다.

나는 이제부터 어떻게 하면 좋을까. 시레바 씨는 풀려났다. 마물이 내게 주목하도록 만들기도 했다. 다들 이 틈에 움직여 줄 것이다. 비록 마물에게 먹이 취급을 받았지만, 다들 포기하지 않았다는 것을 알 수 있었다.

그럼 나는 뭘 하면 되지? 그저 도망만 다녀도 괜찮은 걸까. 이렇게 가까이 있기에 할 수 있는 일은 없을까.

내게는 마력과 신성 마법 적성이 있다는 건 아는데, 혹시 다른 마법도 분발하면 쓸 수 있을까?

시포의 몸에 매달려서 필사적으로 바랐다. 모두를 위해 뭔가 하고 싶다고, 이 마물에게 효과적인 마법을 쓰고 싶다고.

그렇게 바랐을 때, 정령수가 희미하게 빛났다.

어렴풋하게 푸른빛을 내던 정령수에서 다른 빛이 반짝였다.

그 빛이 나를 향해 날아왔다. 나는 시포를 잡은 채 그 빛을 멍하니 보았다.

시포가 "히히힝(꽉 잡아)!" 이라고 해서, 나는 떨어지지 않게 필사적으로 매달렸다. 마물은 공격을 늦추지 않았다.

아래를 보니 수인들, 엘프들, 그리폰들이 필사적으로 마물에게 달려들고 있었다.

그리고 빛이 내 눈앞으로 날아왔다. 그 빛은 신기하게도 형태가 보였다. 투명하고, 당장에라도 사라질 듯 흐릿했지만, 사람 형태라는 것을 알 수 있었다.

이건 정령이다. 이 정령도 힘을 잃었으리라는 것을, 보면 알 수 있었다. 하지만 시레바 씨와 계약한 정령은 이렇게 보이진 않았었다. 뭔가 차이가 있는 걸까?

그 정령은 내 눈앞에서 뭔가를 호소했다. 호소하고 있다는 건 알겠는데 무슨 말인지는 몰랐다.

하지만 이런 상황에서 정령이 일부러 여기까지 온 걸 보면, 내게 힘을 빌려주려는 게 아닐까 하는 생각이 들었다. 정령한테 힘을 받으려면 어떻게 해야 하는지 시레바 씨에게 물어볼 여유는 없었다.

시포가 열심히 마물의 공격을 피해 주고 있었다. 하지만 마물은 잘린 부분이 다시 자라나기에 아무리 일부가 잘려도 동요하지 않았다. 그리고 마법을 흡수하며, 줄기를 휘둘렀다. 지금 이대로는 상황을 타파할 수 없다. 상황을 바꿔야 했다.

나는 정령을 바라보았다.

이 정령은 힘을 빌려주려고 여기에 있다. 그렇다면——. 나는 한 가지 생각에 이르렀다.

나는 시포를 잡은 채, 바로 내 옆에 있는 정령을 향해 외쳤다.

"네 이름은, 플레네! 이 이름을 받아 주지 않을래?!"

그리폰들과 시포처럼 정령도 이름을 지어 주면 계약할 수 있지 않을까 하고 생각했다.

그래서 순간적으로 생각난 이름을 외쳤다.

내 몸에서 마력이 뭉텅이로 빠져나갔다. 그리폰이나 시포와 계약했을 때보다도 훨씬 많이 빠져나간 것 같았다.

앞에 있는 정령이——플레네가 아까보다 더 잘 보이게 됐다.

정령은 사람 모습이었다. 여자아이인가? 조금 전까지 흐릿하게 어렴풋이 보일 뿐이었는데 제대로 형태를 갖추고 있었다. 연두색 머리를 가진 작은 여자아이가 내 옆에 있었다.

계약이 완료됨과 동시에 내 마음에 플레네의 이름이 새겨졌다. 마력이 플레네와 나를 연결한다는 것을 알 수 있었다. 이렇게 또렷하게 모습이 보이는 것이 바로 계약이 완료됐다는 증거였다.

"……모두의 상처를 치료하고 싶어."

나는 플레네를 향해 그렇게 말했다.

계약하면서 상당한 마력을 소비했다. 예전에 쓰러졌을 때, 무리하지 말라는 소리를 들은 적이 있지만 지금은 무리하고 싶었다. 무리해서라도 모두가 죽지 않게 하고 싶었다.

그런 내 말을 듣고 플레네는 어쩔 수 없다는 표정을 짓더니 내 손을 잡아 줬다. 그와 동시에 따뜻한 것이 내 몸으로 들어왔다. 이건, 마력인가? 플레네의 마력이 나한테 들어오고 있어?

"마법을 쓸 거면 이걸 써. 이대로면 레룬다가 쓰러질 거야."

"고마워."

내가 쓰러지지 않도록 플레네가 마력을 준 거였다. 이에 나는 감사를 표했다.

나는 넘겨받은 마력을 간절히 실어서 바랐다. 지금 아래쪽에서 공격받아 쓰러지고 다친 모두를 치료하고 싶다고, 모두가 죽지 않았으면 좋겠다고. 그런 마음을 담아 간절히 바랐다.

그러자 마력이 또 왕창 빠져나갔다. 플레네가 준 마력이 모조리 없어질 만큼 마력을 실어 보냈다.

빛나는 마력이 쓰러진 사람에게, 피 흘리는 사람에게 흘러들었다. 나는 공격하려다 말고 소원을 말했다. 그 소원이 마력이 되어 신성 마법을 구축했다. 아마 플레네도 도와줬을 것이다.

만신창이가 되어 마물에게 달려드는 동구 씨의 상처가 낫기를 바라자, 그 상처가 나았다.

아아, 이렇게 내 힘이 모두를 위해 쓰이는구나. 모두가 무사하도록 더 도움이 되고 싶다. 처음부터 이렇게 할 걸 그랬다. 아니지, 플레네와 계약 못했으면 이렇게 마법을 쓸 수 없었겠지.

그렇게 내 마법이 모두의 상처를 치료했다.

"오오, 이러면 저 마물과도 싸울 수 있어!"

"레룬다가 치료해 줬으니 힘을 내야지!"

건강해진 모두가 그렇게 외치며 마물에게 덤볐다.

《건방진 놈들! 상처가 나았다고 달라질 건 없다! 네놈들을 전부 먹어 치워 주마!》

마물이 그렇게 외치며 근처에 있던 엘프를 먹으려고 했다. 그것을 보고 나는 플레네에게 물었다.

"플레네, 저 마물에게 크게 한 방, 먹일 수 있어?"

방금 막 계약했는데 이런 질문을 해서 조금 미안했다. 좀 더 여유롭게 계약이 이루어졌다면 좋았을 텐데.

"응, 레룬다. 같이 공격하자."

"같이?"

"응. 레룬다, 바람을 상상해."

"바람?"

"응. 나는 바람의 정령이니까."

"바람, 바람으로 공격……."

바람의 정령, 플레네. 플레네는 내게 바람을 상상하라고 했다.

플레네가 그렇게 말한 것을 보면, 나는 바람 적성이 높은 걸까. 잘 모르겠다. 그리고 약해져 있었던 플레네가 나와 계약하자 건강해진 것은 왜일까. 마물을 무찌르고 나면 물어봐야겠다.

아무튼 바람 공격이다. 가이아스가 아토스 씨를 찾으려고 마을을 뛰쳐나갔다가 어른 인간들과 맞닥뜨렸을 때가 생각났다.

가이아스를 지키려고 했을 때, 그 어른 인간들이 우리에게 바람 마법 같은 것을 썼었다. 회오리처럼 생긴, 강한 마력이 담긴 바람이었다.

그래. 그걸 상상하자.

"떠올렸으면 마력을 실어. 나머지는 내가 할 테니까."

"응."

그때 봤던 바람 마법을 떠올렸다. 그리고 시포에 탄 상태에서 마력을 실었다. 상상하는 것은 바람. 강한 힘을 가진, 그때 그 무서웠던 회오리다.

바람이 불었다.

조금 전만 해도 이렇게 강한 바람은 불지 않았다. 그러니 이 바람은 내 마력으로 만들어 낸 것이었다.

거센 바람이 이 곳을 지배했다. 내 마력이 거기에 담겼음을 알 수 있었다. 내 마력으로 만든 바람이 마물에게 향했다.

나는 제어하지 못했다. 마력을 실어 바람 마법을 상상하는 것만으로도 벅찼다.

그러니 이 마법이 마물에게 향하는 것은 플레네 덕분이리라.

나와 플레네가 힘을 합쳐 만들어 낸 마법이 마물을 공격했다.

수인과 엘프, 그리폰은 덮치지 않았다. 바람 마법은 마물만을 노렸다.

나와 플레네의 마법.

이름도 모르는 바람 마법.

그 마법은 마물이 대처할 수 없을 만한 위력을 가지고 있었다. 마물의 몸이 썰려 나갔다.

《으아아아, 이 계집이 먹이 주제에 감히!》

마물의 성난 목소리가 들렸다.

마물이 마법 일부를 흡수하긴 했지만, 그래도 이제까지 가했던 공격 중에서 가장 큰 대미지를 줬을 것이다.

내 몸에서 마력이 왕창 빠져나갔다.

동시에 기력도 쭉 빠져나갔는데, 하늘에서 떨어질 수도 있었기에 필사적으로 시포를 잡았다.

"레룬다, 저 마물이 지키는 부분, 아마 저길 파괴해야 할 거야."

옆에 떠 있는 플레네가 말했다.

마물이 지키는 부분? 나는 의아하게 여겨 다시금 마물을 봤다.

확실히 마물이 자신의 신체 일부를 지키는 것처럼 보였다. 줄기가 잘려도 아랑곳 않고 다른 줄기를 뻗어 공격하면서도, 커다란 입을 연결하는 부분에는 바람이 못 오게 막는 것처럼 보였다.

혹시 저곳이 급소일까.

줄기가 아무리 잘려도 태연해 보이니, 급소는 커다란 입이나 꽃잎 부분, 아니면 입을 연결하는 부분일까.

그 부분을 파괴해야 저 마물을 해치울 수 있을 것이다. 그렇다면 저곳을 노려야 한다. 모두에게도 전해야 한다.

"꽃 아니면 입 부분이야!"

내가 외침과 동시에 마물의 입이 나를 향했다. 그리고 아까보다 더 집요하게 나를 노렸다.

《네 녀석!》

바람 마법을 사용했을 때부터 나를 노리는 공격이 거세졌었다. 내가 마물의 여유를 빼앗은 것이다. 이에 나는 안도했다.

저 마물은 나를 단순한 먹이가 아니라 위협적인 먹이로 인식한 듯했다. 커다란 입과 연결 부위는 확실히 마물의 급소일 것이다. 마물에게서 조금 전까지는 없었던 초조함이 보였다.

내 말을 듣고 다들 마물의 급소를 노렸다.

마물이 점차 궁지에 몰렸고, 우리는 계속해서 마물을 노렸다. 아까 플레네와 내가 함께 쓴 바람 마법으로 입힌 상처는 아직 치유되지 않은 상태였다. 마물의 재생 능력이 쫓아오지 못했다.

그리고 마물에게 마지막 순간이 찾아왔다.

"수인! 그쪽을 부탁한다! 나는 저쪽을 노리겠어."

"그래!"

최후의 일격을 가한 것은 동구 씨와 시레바 씨였다.

동구 씨의 검이 입 부분을 벴고, 시레바 씨가 날린 혼신의 마법이 그 벤 곳을 직격했다. 그것이 결정타였다.

마물이 고통스럽게 신음했다.

마물의 공격이 모두에게 적중했으나 플레네와 나의 마법으로 대부분 치료되었다. 나는 여전히 하늘 위에서 마물이 쓰러지는 것을 보고 있었다. 하지만 힘이 빠져서 거의 시포에 쓰러지다시피 타고 있었다.

동구 씨와 시레바 씨에게 결정타를 맞은 마물은 그 자리에 쓰러졌다.

《감히 먹이 주제에……. 하지만 너희의 소중한── 정령수는…….》

마물은 무언가를 말하려고 했다.

정령수에 관한 무언가를.

하지만 마물은 말을 끝맺기 전에 절명했다.

막간 왕녀와 약혼 / 왕자, 생각하는 것

나, 니나에프 페어리는 이번에 미가 왕국의 7왕자인 힉드 미가 님과 정식으로 약혼하게 되었다. 5왕녀와 7왕자, 서로 영향력이 낮은 왕족의 약혼.

하지만 왕족 간의 약혼임은 분명하기에, 우리의 약혼식은 성대하게 치를 예정이었다.

아바마마는 앨리스 님의 모친이 앓아누웠다는 소식을 듣고 신녀에게 불신을 품은 듯했다.

대신전은 신녀를 보호하여 왕가를 상대로 강하게 나오고 있었다. 신녀, 신의 아이라는 이름을 가진 소녀가 수중에 있기 때문이었다.

신녀가 있는데도 우리 나라에는 좋은 일이 일어나지 않았다. 오히려 신녀인 앨리스 님을 보호한 뒤로 흉작이 이어졌다.

……만약, 정말로 만약에, 앨리스 님이 신녀가 아니라면, 진짜 신녀가 우리 나라를 떠나서 이런 상황이 된 걸까.

'신녀가 사는 토지가 황폐해지는 것을 신은 허락하지 않는다.'

지금까지 우리 나라가 풍작을 이루고 상황이 좋았던 것이 신녀 덕분이었다면.

신녀가 이 땅을 떠났기에 우리 나라가 이런 상황이 된 것이라면.

——앨리스 님의 비위만 맞추면 어떻게든 될 거라고 생각하여 행동했던 대신전과 왕가는 얼마나 어리석었단 말인가.

앨리스 님이 신녀가 아니라면, 아무리 앨리스 님의 바람을 들어 줘도 우리 나라의 상황은 나빠지기만 할 것이다. 솔직히 아바마마도 대신전도 신녀의 힘을 과신하고 있었다.

신녀의 기분이 좋아지면 전부 잘 풀릴 거라고 생각했었다. 그렇게 믿었기에 아바마마는 제대로 대책을 세우지 않았다.

이 변방 땅도 흉작이 들었다. 하지만 변방임에도, 영주와 내가 이곳 영민과 함께 노력하니 어떻게든 대처할 수 있었다. 그러니 왕도에서 좀 더 대책에 힘을 쓴다면 흉작 문제도 어떻게든 되지 않을까.

진짜 신녀가 아닐지도 모르는 앨리스 님.

어디 있는지도 알 수 없는 진짜 신녀.

그리고 이대로 가면 멸망할 것이 불 보듯 뻔한 우리 나라.

머리를 싸매고 싶어졌다. 아바마마는 페어리트로프 왕국이 신녀를 손에 넣었다는 전제로 국정을 운영하고 있었다.

아바마마가 보낸 편지에 앨리스 님도 신녀로서 국내 각지를 도는 여행에 나선다고 적혀 있었는데, 제멋대로인 앨리스 님을 밖에 내보내면 큰일이 날 거다. 혹시 대역이라도 세우려는 걸까.

정말로 앨리스 님은 애초부터 신녀가 아니었던 걸까.

다양한 생각이 머릿속을 빙글빙글 돌았다.

일단 힉드 님과 만나면 물어봐야 한다. 그 말에 관해.

힉드 님과 차분하게 이야기하기 전에 내가 넘어서야만 하는 것이 바로 약혼식이었다.

하지만 나는 신녀 앨리스 님의 노여움을 사서 이런 변방에 와 있는 왕녀였다. 그리고 힉드 님도 왕위 계승 순위가 낮은 7 왕자였다. 그래서 각국의 왕도에서 성대하게 축하할 필요는 없었다. 하지만 페어리트로프 왕국과 미가 왕국의 사이가 나쁘지 않음을 양국 백성에게 알리기 위해 약혼하는 모습을 보여야 했다.

그래서 내가 체류 중인 아나로로와 힉드 님이 체류 중인 도시에서 소규모 약혼식이 열렸다.

정장을 갖춘 힉드 님은, 남성에게 할 말은 아닐지도 모르지만 아리따웠다.

힉드 님의 말이 신경 쓰여서 하게 된 약혼이지만…… 이대로 별 탈이 없다면 나는 힉드 님과 결혼하게 될 것이다. 하지만 힉드 님과 이렇게 연을 맺은 것은 내게 좋은 일이라고 생각한다. 아무리 내가 왕녀라고 해도, 국가 정세에 따라서는 전혀 바라지 않는 상대와 결혼할 수도 있었으니까.

힉드 님은 평소 감정을 잘 드러내지 않는 분이다. 하지만 지금은 왜 근심 어린 눈을 하면서도 이렇게나 웃고 계시는 걸까, 왜 작위적인 미소를 지으시는 걸까 하는 생각이 들었다. 나도 왕족이니 왕녀로서의 가면을 쓰긴 했지만, 나보다 두 살 많을 뿐인 힉드 님의 눈은 지나치게 차가웠다.

나를 보는 눈도, 다른 사람을 보는 눈도 똑같았다. 힉드 님의 눈에는 줄곧 근심이 어려 있었다.

"약혼자가 된 힉드 님과 얘기를 하고 싶어. 자리를 비켜 줄래?"

약혼식이 끝나고 나는 시종들에게 그렇게 말했다. 힉드 님은 내가 그렇게 말할 것을 예상했는지 놀라지 않았다. 힉드 님도 시종을 물렸다.

약혼자가 된 왕자님과 천진난만하게 좀 더 얘기하고 싶어 하는 것처럼 굴었지만, 줄곧 내 곁에 있었던 혼데타는 내가 단순히 힉드 님을 좋아해서 그러는 게 아님을 눈치챘을 것이다.

위험하다며 시종들이 타일렀으나 어찌어찌 둘이서 대화하게 되었다. 문밖에서 사람이 대기하긴 했지만.

"여쭙고 싶은 게 있는데 괜찮을까요?"

"그래, 상관없어."

"……어째서 앨리스 님이 신녀가 아닐지도 모른다고 생각하셨나요?"

나는 작은 목소리로 물었다. 근처에 있는 힉드 님에게만 들릴 작은 목소리로.

"——신녀, 일지도 모르는 소녀와 만났으니까."

힉드 님은 그렇게 말했다.

7왕자. 왕족인 힉드 님이 신녀일지도 모르는 소녀와 만났다는 사실은 내게 충격적이었다.

◆

나, 힉드 미가는 약혼자가 된 페어리트로프 왕국 5왕녀 니나 에프 페어리와 나눴던 대화를 떠올렸다.

왕녀는 내 말에 깜짝 놀랐다. 내가 신녀일지도 모르는 소녀와 만났다는 사실에 경악했다.

내 약혼자── 니나는 잠시 생각에 잠긴 표정을 짓더니, '어쩌면 이미 진짜 신녀와 만났을 수도 있겠구나 싶었다' 고 했다. 그만큼 페어리트로프 왕국 대신전이 보호한 신녀에게 의문점이 있었을 것이다.

그러고 보니, 텅 비어 있던 수인 마을은 자연이 매우 풍부하고 넓은 밭이 있던 흔적이 보이는 좋은 땅이라고 했다. 그곳을 정비하여 미개척 숲을 개간하는 편이 좋지 않겠냐는 이야기가 나오고 있었다. ……아마 그 마을의 환경이 그렇게 좋은 것은 신녀일지도 모르는 소녀가 사랑한 땅이기 때문이리라.

미개척 숲에 들어갔을 소녀. 그 소녀가 살아 있을지는 모르겠다. 솔직히 말해서 죽었을 확률이 높다. 하지만 그 신기한 소녀가 정말로 신녀라면 죽을 리가 없다는 생각도 들었다.

그나저나 페어리트로프 왕국과 미가 왕국은 어떻게 될까. 페어리트로프 왕국의 대신전이 가짜 신녀를 보호했다는 사실이 밝혀지면 양국의 관계는 변할 것이다.

페어리트로프 왕국이 신녀를 손에 넣었기에 아바마마는 전쟁을 벌이지 못했다. 페어리트로프 왕국이 신녀를 손에 넣었기에 불안해서 노예를 늘리고 있었다. 만약 신녀가 가짜라는 것을 알면 망설이지 않고 '신녀를 사칭한 죄는 무겁다' 라는 그럴싸한 구실을 만들어 전쟁을 일으킬 것이다.

저번에 잡은 고양이 수인들 대다수는 기사 밑에서 전투 노예로 일했다. 다만…… 붙잡힌 여성 수인 중에는 강제로 몸을 팔게 된 자도 있다고 들었다.

부하에게 내가 붙잡아 노예로 만든 수인이 어떻게 됐는지 보고 받아 왔다. 솔직히 마음이 아팠다. 미가 왕국에는 자유를 빼앗긴 채, 험한 일을 겪는 노예가 꽤나 많았다.

아바마마는 인간 이외의 종족을 노예로 만드는 것을 마다하지 않았다. 심지어 자신에게 거역하면 인간도 노예로 만들 정도였다. 이렇게 변방까지 와 보니, 그런 처사에 반발이 크다는 것이 한층 강하게 느껴졌다.

"……앞으로 어떻게 될지 몰라."

만약에 페어리트로프 왕국에서 보호한 소녀가 정말로 신녀가 아니라면, 반발 중인 자들이 어떤 행동에 나설지 모른다.

니나는 자기 아버지에게 신녀가 가짜일지도 모른다고 말할 생각이 없는 것 같았다. 약혼자가 된 니나가 무슨 생각을 하는지 모르겠지만, 나이에 비해 침착하고 앞날을 볼 줄 아는 왕녀 같았다.

나처럼 계승권이 낮아서 그럴지도 모른다. 계승권이 낮은 왕족의 처지는 사람들이 생각하는 것보다 훨씬 복잡하다. 언제 버려져도 이상하지 않았다. 백성 중에도 계승권이 낮은 왕족의 이름을 제대로 기억하는 자는 별로 없을 것이다.
나에게 아바마마는 절대적이다.
나는 아바마마를 거역할 수 없었다. 아바마마의 명령에 계속 따랐다.
지금은—— 내가 페어리트로프 왕국의 5왕녀와 약혼한 것을 흡족히 여겨, 추가적인 명령을 내리지 않았다. 하지만 조금 지나면 다시 노예를 늘리라는 하달이 있을 것이다.
4왕자인 형이 용족 하나를 노예로 만들었다는 소문이 왕도에 자자했다. 국왕의 명령으로 5왕자가 별난 풍습을 가진 민족을 쫓는다는 소문도……. 그런 부분도 신녀의 영향으로 인해 앞으로 어떻게 될 지 알 수 없었다.
신녀가 나타났다는 것만으로도 세상에 큰 영향을 끼치고 있었다.
그 영향력 속에서 내가 무엇을 할 수 있을까.
일단 내가 할 수 있는 일은 약혼자와 친목을 다지는 것뿐이었다.
약혼자라고는 해도, 양국이 앞으로 어떻게 될지 알 수 없으니 정말로 혼인할지는 불확실하지만, 니나가 어떻게 움직일 생각인지 정도는 제대로 파악해 두는 편이 좋았다.
나는…… 그때 만났던 소녀가 신녀일지도 모른다는 사실을 아바마마에게 숨기고 니나에게 정보를 흘리는 것밖에 못 한다.

내가 좀 더 결단력이 있는 인간이었다면 적극적으로 행동했을지도 모르지만, 나는 아바마마가 두려웠다. 아바마마가 바라는 이상적인 내 모습에서 벗어날 수 없었다. 하지만 어느 날 아바마마가 사라져도, 나는 스스로 어떻게 행동해야 하는지 모를 것이다.

그런 나 자신이 싫지만, 나는 그럴 수밖에 없는 인간이다.

6 소녀와 정령수

마물을 퇴치하는 데 성공했지만 다들 경계를 늦추지 않았다. 마물이 완전히 소멸했는지 확인하고자 주변을 살피고 나서야 마침내 정령수와 정식으로 마주했다.

"마물은 완전히 소멸했어."

플레네가 그렇게 말해 줘서 나는 안심하고 정령수를 보았다.

"이게…… 정령수."

눈앞에 있는 거대한 나무를 보았다. 희미하게 빛나는 거대한 나무. 이렇게 큰 나무는 처음 봤다.

시레바 씨를 포함한 엘프들은 마물을 퇴치하여 환호성을 질렀다. 그리고 그대로 정령수 곁으로 향하더니 정령들을 부르려는지 말을 걸었다.

하지만 흐릿하게 보이는 반투명한 무언가는 고개를 저었다. 어째서일까? 엘프들이 곤혹스러워했다.

"……이 정령수는 이제 아무런 힘도 없어."

플레네가 그렇게 말했다.

이렇게나 신비로운데 이제 힘이 없다니? 굉장히 존재감이 강하고, 여타 나무와는 다른 오라를 풍기고 있는데.

나는 플레네의 말을 듣고 깜짝 놀랐다. 이렇게 힘이 넘쳐 보이는데 어째서지?

플레네는 정령을 못 보는 사람에게도 자기 모습을 보이고 목소리를 들려줄 수 있는 것 같았다.

나와 계약했기 때문이라고 했다. 지금은 누구나 플레네를 볼 수 있고, 목소리를 들을 수 있다.

"레룬다, 자세히 봐. 마력을 느낀다는 마음으로."

플레네가 그렇게 말해서 나는 마력을 느끼려고 의식하며 정령수를 보았다. 정령수의 마력은 확실히…… 뭔가, 연약했다. 마력이 아래쪽으로 가고 있다고 할까? 어라? 땅속? 땅, 아니, 뭔가 다른 곳으로 이어지는데?

마력이 향하는 곳을 보았다. 방금 무찌른 마물의 사체가 있었다. 이건…….

"……저 마물?"

"그래, 맞아. 저 마물은…… 엘프에게 거래를 제안하고 제물을 먹었어. 하지만 뒤에서는 정령수의 마력을—— 땅속에서 빼먹고 있었어."

정령수의 마력을 빼먹고 있었다고?

"뭣이? 계약한 정령님께서는 그런 말씀이 없으셨는데."

"그야 그렇겠지, 처음에는 그런 짓을 안 했으니까. 너희가 방심하게 한 거야. 정령들이 말을 못 할 만큼 약해지고 나서—— 정말로 조금씩 긴 시간을 들여 정령수의 힘을 뺏었어. 그래서 저 마물은 엘프를 간단히 상대할 수 있을 정도의 힘을 얻었지."

플레네는 말했다.

플레네는 정령수에서 나고 자란 정령이었다. 그렇기에 정령수가 어떤 상황인지 누구보다도 잘 알았다.

처음으로 안 사실에 나를 포함한 모두가 놀라는데, 플레네는 차분하게 그것이 진실이라는 것처럼 이야기했다.

"그럼…… 그럼 정령님은……!"

"진정해. 확실히 이 정령수는 힘을 거의 잃긴 했지만, 정령수에 깃든 정령들은 아직 전멸하지 않았어."

"그렇지만…… 정령수의 서림나무조차 없는데 어떻게 하라는 거지?"

서림나무? 서림나무라는 게 뭘까. 정령들을 살리는 무언가일까? 솔직히 아무런 지식이 없는 나는 알 수 없었다. 란 씨를 보았지만 란 씨도 모르는지 고개를 저었다.

"……지금 너희에게 서림나무가 없는 건 나도 알아. 하지만 어떻게든 될 거야. 아니, 괜찮을 거야."

플레네가 그렇게 말했는데 서림나무가 뭘까? 그게 있으면 문제가 해결되나?

머릿속이 혼란스러웠다. 시레바 씨마저 방법이 없다고 하는데, 플레네는 왜 괜찮다고 한 걸까.

"어떻게든 될 거라니?"

"——정령수의 서림나무가 있었다면 이곳을 떠날 수 있었어. 정령들도 거기에 머물면 되니까. 하지만 너희 마을에는 마침 서림나무가 없었지. 그래서 마물에게도 적극적으로 행동하지 못했어. 하지만 지금은 레룬다가 있어."

"어?"

나도 모르게 소리를 냈다.

플레네가 나를 보더니 내 이름을 꺼냈다. 그래서 다들 나를 주목했다. 대체 무슨 뜻이지?

"레룬다는 정령과 아주 상성이 좋은데다가 마력이 많아. 내가 정령수에서 나와 힘을 회복한 것도 레룬다가 마력을 줬기 때문이야. 게다가 바람의 정령인 나와 상성도 좋았거든. 하지만 아무리 상성이 좋아도 보통은 이렇게까지 회복시키지 못해. 즉, 레룬다는 정령의 마력과 상성이 좋아. 그러니 레룬다는 정령수에 간섭할 수 있을 거야. 그럼 괜찮아."

내 마력은 정령과 상성이 좋은가 보다. 하지만 실감이 나지 않아서 갑자기 그런 말을 들으니 곤혹스러웠다.

플레네는 나를 보며 웃었다.

"——레룬다, 정령수와 정령을 도와줘."

그 말에 나는 고개를 끄덕였다.

내가 이 문제를 해결할 수 있다면 뭐든 하고 싶었다.

"고마워, 레룬다. 그럼 정령수 곁으로 와."

나는 플레네의 말에 정령수 근처까지 걸어갔다.

내가 정령수 둥치까지 오자 플레네가 말했다.

"마력을 힘껏 담아."

나는 그 말을 듣고 정령수에 손을 뻗었다.

그리고 정령수 줄기에 손을 얹었는데 어쩐지 조금 따뜻했다.

이번에는 위를 올려다보았다. 곳곳에 빛이 있는데 이게 전부 정령인가? 플레네는 내가 마력을 담으면 이 아이들을 구할 수 있다고 했지만 정말로 가능할지 불안했다. 하지만 구하고 싶었다.

나는 마력을 담았다.

마물과 싸운 후라서 마력이 완전히 회복됐다고 말하기는 어려웠지만, 그래도 나만 할 수 있는 일이니까.

마력이 몸에서 쑥 빠져나갔다.

그렇게 마력이 빠져나간 순간, 정령수가 크게 빛났다. 그러자 손에서 느껴지던 감각이 사라져서 깜짝 놀라 그대로 넘어질 뻔했다.

"——레룬다!"

그런 나를 가이아스가 잡아 줬다.

나는 가이아스에게 부축받으며 앞을 봤는데 정령수는 없었다. 그저 반짝거리는 것들이 떨어졌다.

손을 내밀었다. 그건 작은 묘목이었다. 여러 잎이 달린 묘목을 자세히 보니 빛나고 있었다. 내가 잡지 못한 다른 두 그루는 레이마와 리루하가 가져와 줬다.

거대한 정령수가 작은 묘목이 됐다고? 솔직히 지금 상황이 잘 이해가 안 됐다. 나는 힘이 들어가지 않는 몸을 돌려 플레네를 보았다.

그리고 플레네에게 말을 걸려는데…….

"설마 정말로……."

"정령수의 서림나무가 생기는 순간을 보게 되다니……."

그렇게 엘프가 감동하며 말하는 것이 들렸다.

손안에 있는 이 묘목이 정령수의 서림나무라는 걸까. 이게 있으면 어떻게든 되라라고 한 물건이 세 개나 있었다. 정령과 정령수에 대한 지식이 너무 없어서 상황이 어떻게 돌아가는지 잘 모르겠다.

"플레네, 어떻게 된 거야?"

"정령수는 서림나무라고 불리는 상태로 계승돼. 정령수가 옛날부터 여기 있었던 건 아니야. 이 엘프의 선조가 이곳에 서림나무를 심었기에 정령수가 여기 있었던 거야. 그리고 긴 세월이 지나서 그렇게 커진 거지. 정령수에 좀 더 힘이 있었다면, 마물이 없었다면, 엘프는 정령수의 서림나무를 만들어서 떠나도 됐어."

정령수는 계승된다. 그 말은 정령수가 죽어도 서림나무가 있으면 어디로든 떠날 수 있다는 걸까. 이곳에 정령수의 서림나무를 심었다고 했으니 그 말이 맞겠지.

"정령수가 힘이 있었다면 스스로 서림나무를 만들 수 있었어. 그 마물만 없었다면 분명 가능했겠지. ——엘프 마을에 여분의 서림나무가 없어서 일이 이렇게 꼬인 거야. 서림나무가 있으면 정령수에 깃든 정령은 소멸하지 않아. 레룬다, 정령을 구해 줘서 고마워."

"……응. 그런데, 이 서림나무, 어떻게 해?"

"어딘가에 심어야지. 여기에는 안 심는 게 좋아. 이곳 마력은 마물 때문에 이미 이상해졌어. 정령수와도 상성이 나쁘니,

정령수가 좀 더 자라기 쉬운 환경에 심는 게 좋아."

나와 플레네가 그런 대화를 나누는 동안에도, 엘프들 근처에서 느껴졌던 정령들이 서림나무 안으로 스르르 들어가는 것을 알 수 있었다.

"이 정령들은……."

"이 안에서 쉬고 있어. 방금 서림나무에 들어간 정령들은 한동안 쉬느라 나오지 않을 거야. 정령수 안에서 자라던 정령들도 아직 다 성장하지 못했으니까 한동안은 안 나올 거고. 하지만 레룬다와 상성이 좋으니 조금이라도 마력을 주면 회복이 빨라질지도 몰라."

플레네는 내게 그렇게 설명했다. 지금 서림나무에 깃든 정령들은 한동안 나오지 못할 거라고 했다. 시레바 씨도 정령들이 쉬는 기간이라고 말했었다.

그렇다면 모든 정령이 지금 쉬고 있는 걸까? 그런 생각이 들어서 플레네에게 물어보니, 이 엘프 마을과 계약한 정령은 같은 시기에 태어나서 쉬는 시기도 같다고 했다.

"……그렇구나. 그럼 엘프는 한동안…… 계약한 정령과 못 만나겠네."

그렇게 생각하니 뭔가 슬퍼졌다. 마물을 무찌르고, 정령수 문제도 어떻게든 해결했는데 정령과 한동안 못 만난다니. 하지만 시레바 씨는 내 얼굴을 보며 말했다.

"그런 표정 짓지 마라. 우리는…… 정령님과 정령수를 구한 것만으로도 충분해. 오히려 레룬다 너에게…… 감사한다. 동구와 다른 수인들에게도. 다들 이번 일에 협력해 줘서 고맙네."
시레바 씨가 그렇게 말하고 깊이 머리를 숙였다. 잠시 그러고 있다가 고개를 들고 말했다.
"——우리는 정령님들을 지킨다는 명목으로 그대들을 제물로 바쳐 살아남으려고 했지. 하지만 마물은 정령수의 마력을 빼앗고 있었어. 그대들을 제물로 바쳤어도 우리는 멸망했겠지. 멸망의 길에서 벗어날 수 있었던 건 틀림없이 레룬다 덕분이네. 레룬다가 해 준 말 덕분에 나는 지금껏 생각도 못 했던 길을 택할 수 있었네. 수인, 인간과 손을 잡고 마물을 무찌른다는 길을 말이야. 그리고 레룬다 덕분에 정령수를 살릴 수 있었어."
내가 도움이 됐구나. 노력하길 잘했다는 생각이 들었다.
"정말 고맙네. 수인들이여, 제물로 바치려고 했음에도 불구하고 우리와 함께 싸워 줘서 고맙네. 아마 정령수의 서림나무는 레룬다와 함께 있으려고 하겠지. 우리는 정령수와 함께해야 하는 종족이라 자네들과 동행하고 싶은데, 허락해 주겠나?"
시레바 씨가 수인들을 둘러보며 그렇게 말했다. 다른 엘프도 똑같이 수인들을 보고 있었다.
동구 씨가 대표로 대답했다.
"그래. 예전 태도는 신경 쓰지 않아도 돼. 갑자기 찾아온 우리를 받아 준 건 감사하고 있어. 그리고 우리를 제물로 바친 뒤였다면 되돌릴 수 없었겠지만, 제물이 되기 전에 다함께 원흉을 해치웠으니 이제는 아무런 응어리도 없어. 함께 마물과 싸운 동료니 같이 가자."

그렇게 대답해 줬다. 함께 마물을 퇴치했기에 가능한 선택이었다.

나는 다행이라며 안도했다. 이로써 전부 잘 풀릴 거라고, 정말 잘됐다고 생각했다.

하지만 시레바 씨가 이어서 한 말에 일순 숨이 멎었다.

"동구, 진심으로 고맙네, 우리를 용서해 줘서 고마워. 우리는 그대들과 함께하고 싶네. ——다만 레룬다. 너는…… 평범한 인간이 아닐 테지. 바람의 정령과 계약하고, 그렇게 대단한 신성 마법을 썼으니까 말이야……. 너의 정체는 뭐지?"

시레바 씨가 말했다.

다른 사람들의 시선도 내게 향했다.

가이아스, 란 씨, 동구 씨. 내가 신녀일지도 모른다는 것을 아는 사람은 이 세 사람뿐이다. 나는 마물을 퇴치하면서, 내가 신녀일지도 모른다는 생각이 더욱 확고해졌다.

정말일지도 모르고 아닐지도 모른다.

"나는——."

나는 입을 열었다.

"나는—— 신녀일지도, 몰라."

떨리는 목소리로 그렇게 말했다.

신녀일지도 모른다고 느꼈다. 하지만 신녀인지 아닌지 확실히는 모르고, 어떻게 증명해야 하는지도 모른다.

하지만 나는—— 신녀일지도 모른다.

신녀일지도 모른다는 말에 다들 숨을 삼켰다. 개중에는 그다지 안 놀라는 사람도 있었다. 그럴지도 모른다고 생각했던 걸까.

고양이 수인은—— 어떻게 생각할까. 신녀가 나타나서 고양이 수인 마을이 습격당했다. 내가 나타났기 때문이라고도 할 수 있었다.

니르시 씨가 "그럴 것 같다고…… 생각하긴 했어."라고 말했다.

"그랬어?"

"그래. 그리폰들과 스카이호스와 계약한 것도 그렇고, 우리가 오기 전에 크게 다친 사람을 회복 마법으로 치료했다는 얘기도 들었고…… 무엇보다 아까 싸울 때 명백하게 평범한 인간은 불가능한 일을 했잖아."

"……나, 신녀라면…… 니르시 씨 마을이 그렇게 된 거, 내 탓일지도 몰라."

"……그럴지도 모르지만, 레룬다 탓은 아니야. 레룬다가 신녀더라도, 신녀일지도 모르는 레룬다 탓이라기보다는 그 영향을 받은 인간 탓이지. 그리고 나는 레룬다를 동료로 여기고 있어. 동료를 그런 식으로 비난하진 않아."

니르시 씨는 그렇게 말해 줬다.

나는 줄곧 무서웠다. 내가 신녀일지도 모른다는 사실이 알려졌을 때, 모두가 어떻게 반응할지가 두려워서.

란 씨는 내가 신녀더라도 다들 받아들여 줄 거라고 했지만, 정말로 괜찮을까 걱정됐다. 내가 신녀일지도 모른다는 사실을 알리면 뭔가가 바뀔지도 모른다고 생각했다.

하지만 니르시 씨는 웃어 줬다. 뒤에 있는 고양이 수인들도 나를 미워하는 듯한 모습은 전혀 보이지 않았다.

"레룬다가 소문으로만 듣던 그 신녀라면, 정령수에 간섭할 수 있는 것도 납득이 돼."

"인간 나라에서, 신녀를 보호해. 그거, 우리 언니. 언니가 거둬지고, 나는 버림받았어. 하지만, 나한테는, 옛날부터 신기한 일이 일어났어. 아마도 내게는, 직접적으로 위해를 가할 수, 없어. 먹을 것이 없었을 때도…… 신기하게도 죽지 않았어. 인간들과 마주했을 때도…… 마법 공격이, 피해 갔어."

시레바 씨의 말에 나는 설명했다.

시레바 씨는 깊은 숲에 살아서 페어리트로프 왕국이나 미가 왕국에 관해서도 잘 모를 것이다. 엘프 마을은 인간들과 그다지 관련이 없는 것처럼 보였다.

"나, 신녀일지도 모른다는 거 알고 있었어. 하지만, 말하지 않았어. 미안해요. 나, 인간이고, 신녀일지도 모르지만……, 모두를 좋아해. 모두와 계속, 함께 있고 싶어."

나는 사죄했다.

"당연하지."

"레룬다가 신녀든 아니든, 소중한 아이인걸."

그런 목소리가 들려왔다.

숙이고 있던 얼굴을 들자 다정한 표정이 보였다. 내가 사랑하는, 모두의 상냥한 미소. 그 미소를 보니 기뻐서, 안심이 돼서, 눈물이 났다.

괜찮은 거구나. 신녀일지도 모르지만, 나는 모두와 함께 있을 수 있구나. 다들 변하지 않는구나. 고향 사람들이 꺼림칙하게 여긴 나를 이렇게 받아들여 주는구나.

"레룬다?!"

"우, 울지 마!!"

다들 걱정하며 허둥지둥 다가왔는데, 그 모습을 보니 또 기뻤다. 다들 나를 소중히 여긴다. 그 사실이 너무나도 기뻤다.

"안심이 돼서, 울었어. 미안해. 나, 모두와 함께할 거야."

나는 그렇게 말하고서 흘러내린 눈물을 닦았다.

마침내 말하게 되어 안도했다.

"레룬다, 신녀일지도 모르는 거구나. 그러고 보니, 정령수와 상성이 좋은 게 확실히 신녀 같아."

"……플레네 님은 신녀는 자세히 모르십니까?"

"응. 나는 태어난 지 얼마 안 된 정령이고, 그런 게 세상에 있다는 건 알아도 실제로 어떤지는 몰라."

플레네의 중얼거림을 듣고 엘프가 물어보자 그렇게 대답했다.

"더 오래 산 자라면 알지도 모르지만……."

플레네는 그렇게도 말했다.

그 후에 내가 신녀일 수도 있다는 사실에 놀라면서도 받아들여 준 모두와 함께, 앞으로 어떻게 할지 이야기를 나눴다.

정령수는 다른 곳에 심는 편이 좋다고 했으니 이동해야 했다.

그리고 내가 신녀일지도 모르니까 인간 나라에는 접근하지 않는 편이 좋을 것이다. 인간 나라 근처에 있다가 다들 노예가 될지도 모르고.

그럼 어디로 가야 할까.

이 광대한 숲 끝에는 무엇이 있을까? 계속 숲이 이어질까? 아니면 다른 인간 나라가 있을까? 그 무엇도 알 수 없었다.

란 씨가 '이 앞으로 가면 어떤 나라가 나올 거다' 정도의 정보만 아는 상태라서 당장 어떻게 할지 아무것도 정해지지 않았다.

마물을 무찌르고, 신녀일지도 모른다는 것을 알리는 등, 이런저런 일이 있었기에 일단 오늘은 엘프 마을로 돌아가 쉬기로 했다. 앞으로 어떻게 할지, 내일 또 다 같이 의논해야 한다. 그렇게 생각하며 나는 란 씨, 레마와 함께 잠들었다.

◆

마물 퇴치를 끝내고 우리는 다 같이 이야기를 나눴다. 이제 어디로 가야 할지, 앞으로 어떻게 움직여야 할지.

——내가 신녀일지도 모른다는 사실도 고려한 의논이었다.

"우선은 어디로 갈지를 정해야겠지."

"시레바 공은 어디 가고 싶은 곳이 있나?"

"……우리는 여기밖에 모르네. 사실, 정령수가 좋아하는 환경이면 어디든 상관없다는 게 솔직한 심정이야. 다만 그 마물 같은 게 없고, 우리를 노예로 만들려는 자가 없는 곳으로 가고 싶군."

"그거야 당연하지만…… 처음 이주했을 때는 괜찮다가, 나중에 못된 마음을 먹은 자가 나타나는 것도 충분히 있을 수 있는 일이야."

나는 레이마에 탄 채, 시레바 씨와 동구 씨가 대화하는 것을 들었다. 내 옆에는 플레네와 다른 계약 마물도 있었고, 가이아스도 내 옆에서 듣고 있었다.

"그뿐만이 아니야. 레룬다가 신녀일지도 모른다는 걸 인간이 알면 우리에게 간섭할 거야. 아니, 인간뿐만 아니라 어쩌면 다른 수인들도 레룬다를 노릴지 몰라. 그렇다면 우리는 도망치는 걸 대전제로 생각해선 안 돼."

내가 신녀일지도 모른다는 것.

그 사실이 상황을 더 복잡하게 만들었다.

그렇게 생각하니 조금 울적해졌다. 내가 신녀일지도 모르니 더 큰일인 거다.

"레룬다, 기죽지 마. 너를 비난하는 게 아니야. 그리고 네가 신녀일지도 몰라서 오히려 다행이야. 아토스 씨가 죽었을 때, 그 정도 피해로 끝난 건 네 덕분이라고 생각해. 그때는 상황이 어떻게 될지 전혀 알 수 없었으니까."

"……응."

시노룬 씨가 이어서 한 말에 나는 고개를 끄덕였다.

"네 탓이 아니야. 레룬다가 있어서 해결되는 일도 분명 많아. 정령수 둥치에 있었던 마물을 해치운 것도 레룬다 덕분이니까 좀 더 당당해져도 돼. 신녀의 능력일지도 모르는 그 힘으로 할 수 있는 일이 많으니까."

"응…… 미안해. 얘기, 끊겼어."

나를 격려하느라 이야기가 중단되어서 사과했다.

"괜찮아. 아무튼 우리가 생각해야 할 건 '어떻게 도망칠까'가 아니라 '어떻게 힘을 손에 넣을까' 야. 도망치는 게 아니라 지키는 데 필요한 힘을. 나는 레룬다가 큰일을 당하지 않았으면 해."

우리는 시노룬 씨가 말한 것처럼, 인간이 습격해 온다며 도망쳤다. 그리고 도망친 곳에서 이렇게 엘프와 만났다. 우리는 평온한 곳으로 도망치는 것만 생각했었다.

하지만—— 그래서는 안 된다. 새로운 장소를 찾더라도 습격당하면 또 도망칠 것인가? 어디로? 정말로 도망칠 수 있을까? 그런 생활은 절대 오래가지 않는다. 그렇다면 어떻게 해야 하는가.

도망치는 게 아니라 싸워야 한다.

"맞아. 계속 도망치는 걸 전제로 생각할 게 아니라 평생 살 곳을 찾아야 해. 그렇다면 역시 우리가 살기 좋은 곳을 찾아야 해."

오샤시오 씨도 말했다.

계속 도망치는 게 아니라 평생 살 곳을 찾는다. 앞으로 어떻게 될지는 몰라도, 쭉 살 수 있는 곳을 찾는 게 제일이다. 그리고 거기서 계속 살 수 있도록 모두를 지키는 것이다.

내가 듣기에도 시노룬 씨 의견은 좋은 생각 같았다.

동구 씨는 대화를 듣고 어째선지 나와 가이아스를 봤다.

그리고 입을 열었다.

"레룬다와 가이아스가 나를 찾아와서 했던 말이 있어. ——아토스가 죽은 후에 말이야. 수인들이 안심하고 살 곳을 만들고 싶다고 했어."

그건 가이아스와 내가 한 맹세였다. 불가능할지도 모르지만, 그런 곳을 만들고 싶다며 바라고 맹세한 것.

동구 씨의 말에 모두의 시선이 우리에게 향했다.

"——그 바람대로 해야 하지 않을까. 우리 손으로 안심하고 살 곳을 만드는 거야. 어려운 일일지도 모르지만 시도하지 않으면 아무것도 이루어지지 않아."

나와 가이아스가 둘이서 한 맹세.

동구 씨는 그것을 나와 가이아스만이 아니라, 다 같이 이루자고 했다.

"우리 손으로 안심하고 살 곳을 만들고, 그걸 지키기 위해 강해지는 거야. 멋지지 않아?"

동구 씨는 모두의 얼굴을 둘러보며 그렇게 물었다.

동구 씨의 말에 일순 고요해졌다.

가이아스도 그렇겠지만, 나는 그 바람을 가능하면 다 같이 이루고 싶었다. 나는 모두를 보았다.

"나도…… 그런 곳을 만들고 싶어."

한 사람이 말을 꺼내자 다른 사람들도 목소리를 내기 시작했다.

"멋진 생각이야."

"맞아."

"정말로 그런 장소를 만들 수 있다면 나도……."

"응. 나도 만들고 싶어."

"나도…… 가능하다면 그런 곳에서 살고 싶어."

그건 불가능한 일이라고 말하는 사람은 한 명도 없었다. 굉장한 일이었다. 모두가 그러고 싶다고 바라는 것이 기뻤다.

동구 씨는 사람들의 말에 만족스럽게 웃었다.

"그럼 우리가 안심할 수 있는 곳을 만들자. 우선은 정령수를 키울 수 있으면서 우리가 살기 편한 거점을 찾아야 해."

우리가 만드는 것이다.

안심하고 살 곳을.

정령수를 키울 수 있으면서 모두가 살기 편한 곳을.

그런 장소를 찾기란 어렵고 힘들겠지만, 그래도 찾고 싶다.

동구 씨의 말에 모두가 고개를 끄덕였다.

"——우리 손으로 안식처를 만들자. 그리고 누구 한 명 빠지는 일 없이 그곳을 지켜 내는 거야. 우선은 장소를 찾자. 험한 길이겠지만 우리의 미래를 위해서 해내야만 해."

동구 씨가 그렇게 고했다.

우리의 목표. 나와 가이아스가 바란 꿈과 맹세가 이제는 모두의 소원이자 꿈과 맹세가 되었다.

'누구 한 명 빠지는 일 없이' 라는 건 이상론에 불과하고, 실제로는 이루기 어려울지도 모른다. 하지만 목표를 세우지 않으면 아무것도 시작되지 않는다.

누군가가 그런 건 이루어질 리가 없다고 하더라도, 다른 누군가가 그 꿈을 부정하더라도, 그것을 이루고자 하는 우리만큼은 끝까지 믿고 싶다.

"——레룬다."

"응?"

"신녀일지도 모르는 레룬다의 힘을 빌려야 할 때도 있을 거야. 하지만 무리하지는 마. 예전에 마력을 과하게 써서 쓰러졌을 때처럼 무리하지는 않았으면 해. 레룬다가 그렇게까지 안 해도 되도록 우리도 힘낼 테니까."

"응…… 나도, 힘낼 거야."

다들 상냥하다.

신녀일지도 모르는 나를 철저히 이용할 수도 있을 텐데. 신녀가 맞다면 다치지 않을 테니 나를 방패로 쓸 수도 있을 텐데, 그런 걸 원하지 않았다.

모두가 상냥해서 마음이 따뜻해졌다.

"그리고 레룬다와 계약한 정령—— 플레네에게 묻고 싶어."

이어서 동구 씨는 플레네를 보았다. 자연스럽게 플레네의 이름을 불러서 그런지, 엘프의 시선이 한순간 동구 씨에게 향했다. 엘프에게 정령은 특별하기에 스스럼없이 이름을 부르는 게 신경 쓰였나보다. 플레네는 그런 엘프의 모습에 못 말린다는 듯한 표정을 지었다.

"뭘 묻고 싶은데?"

"정령수가 자라기 좋은 땅은 어떤 곳이지?"

"정령에게 편안한 마력이 흐르는 곳이야. 그리고 물이 좋은 곳. 나한테 물어보면 어디가 좋아 보이는지 알려 줄게."

"그럼 부탁하지."

우리는 문제에 관해 하나씩 이야기해 나갔다.

"다음으로 중요한 건 어디로 가느냐야."

"그러게요……. 일단 남쪽으로 가 보는 건 어떨까요?"

란 씨가 입을 열었다.

"남쪽?"

"네. 신녀가 존재하는 것을 아는 페어리트로프와 미가 왕국으로부터 멀어지는 게 제일이라고 생각해요. 아마 페어리트로프 왕국은 보호 중인 신녀가 진짜가 아님을 눈치챘을 거예요. 그럼 레룬다를 찾으러 올 가능성이 크니 멀어지는 게 좋아요. 더 남쪽으로 가 보죠. 레룬다도 그렇고, 수인과 엘프를 생각해도 그래야 해요. 언젠가 정말로 안심할 수 있는 곳을 만들면 가도를 정비해서 인간과 교류할 수도 있겠지만, 그렇게 되기 전까지는 숨어 살아야 할 테니까요."

왕국에서 멀어져야 하는 것은 나 때문이기도 했다. 내가 신녀일지도 모르기 때문에 인간들이 우리가 있는 곳으로 올 수도 있었다. 그뿐만 아니라 수인과 엘프를 노예로 만들지도 모르니, 인간 나라로부터 멀어지는 것이 지금 해야 할 일이었다.

"그래. 그럼―― 남쪽으로 가 볼까."

어디로 가야 할지 결론이 명확하게 나지 않았지만, 우리는 일단 남쪽으로 가기로 했다.

막간 교육 담당의 기록 2

『신녀에 관한 기록』
기록자 : 란드노 스토파

신녀라고 짐작되는 레룬다는 여덟 살이 되었다.

신녀에 관해서는 아직 모르는 것투성이다. 우선은 내가 수인 마을에 도착하고 나서 일어난 일을 정리해 보고자 한다.

· 고양이 수인이 도망쳐 왔다.
· 아토스 씨가 살해당했다.
· 마을을 버리고 도망쳤다.
· 엘프와 만났다.
· 마물을 퇴치하고 정령과 계약했다.
· 새로운 거처를 찾아 떠나게 되었다.

이 많은 일이 1년도 채 안 되는 기간에 일어났다. 이것이 신녀가 평범하게 생활하기란 어렵다는 것을 증명하지 않을까 싶다.

신녀는 특별한 존재이기에 반드시 무대에 서서 사건에 휘말린다.

내가 페어리트로프 왕국에 계속 남아 있었다면 이런 경험은 못했을 것이다. 평범하게 산다면 평생에 한 번 겪을까 말까 한 일들뿐이다.

고양이 수인이 도망쳐 온 일.

페어리트로프 왕국이 신녀를 보호한 것을 알고 초조해진 미가 왕국이 노예를 늘리려 해서 일어난 일이다. 신녀는 특별한 존재이기에 그만큼 영향력이 크다.

늑대 수인 마을까지 도망쳐 온 고양이 수인은 일곱 명. 다른 고양이 수인이 미가 왕국에서 어떤 취급을 받는지는 모른다. 노예로 끌려갔으니 분명 좋은 대접은 못 받을 것이다.

아토스 씨가 살해당한 사건.

이것도 초조해진 미가 왕국의 행동에서 비롯된 비극이라고 생각한다.

내가 직접 미가 왕국의 병사를 본 것은 아니지만, 가이아스를 잡아가려고 한 것은 미가 왕국 기사였던 모양이니 틀림없이 미가 왕국의 소행이리라. 나는 이 일로, 아무리 신녀가 아끼는 인물이어도 죽을 수 있다는 사실을 알았다.

신녀에게 사랑받는 자가 영원한 행복을 얻는다는 것은 환상일 뿐이다. 물론 신녀에게 사랑받는다면 조금은 살기 편해질 것이다. 하지만 결코 절대적이지는 않다.

기사가 레룬다를 공격하지 못했고 마법이 피해 갔다는 이야기를 들었다. 레룬다가 신녀임을 한층 더 실감케 했다.

다만 딱 한 명, 왕자라고 불린 인물은 레룬다를 만질 수 있었다고 한다. 레룬다를 해치려는 마음이 없었기 때문일 것이다. 그렇다면 왕자라고 불린 그 인물은 미가 왕국의 왕족이지만 수인을 노예로 만드는 것에 찬동하지 않는지도 모른다.

마을을 버리고 도망친 일.

이것도 신녀가 절대적이지 않다는 증명이라고 할 수 있다. 신녀는 특별한 힘을 가졌지만 절대적인 존재가 아니고, 신에게 사랑받지만 신은 아니다. 일련의 사건이 그것을 증명한다.

엘프와의 만남.

엘프는 노예로도 거의 보지 못한 종족이었다. 적어도 나는 본 적이 없었다. 엘프는 마법을 쓸 수 있고, 나무 위에 집을 지으며, 듣도 보도 못한 문화를 가진 종족이다.

마물 퇴치.

엘프는 소중한 정령수를 위해서 우리를 제물로 바치려고 했다.

하지만 우리는 식물 마물을 퇴치했다. 그 마물은 강했다. 만약 약점을 몰랐다면, 엘프와 수인이 함께 싸우지 않았다면, 레룬다가 없었다면―― 못 이겼을지도 모른다. 누구 하나라도 빠졌다면 분명 잘 풀리지 않았을 것이다.

강한 마물과는 웬만하면 싸우기 싫지만, 그래야만 하는 일이 앞으로 생길 수도 있다. 그때 마물과 맞설 수 있도록 관련 지식을 쌓아 둬야 한다. 거처 주변에 있는 마물을 수소문하여 정보를 모아야겠다고 실감했다.

정령수도 아직 자세히는 모르지만, 엘프들과 더 친해지면 알 수 있을 것이다. 정령수도 신녀와 관련이 깊어질 테니 좀 더 알고 싶다.

레룬다가 계약한 정령, 플레네.

플레네는 작은 소녀의 모습으로 크기는 20cm 정도다. 플레네는 레룬다에게 마력을 받아서인지, 다른 정령과는 다른 듯하다. 플레네가 원하면 누구나 모습을 보고 목소리를 들을 수 있다. 플레네는 바람의 정령이라고 했다.

새 거처를 찾아 떠나기.

엘프와 화해하고, 정령수 부활에 적합한 곳으로 가게 되었다. 수인, 엘프, 그리고 인간인 나와 레룬다, 레룬다가 계약한 마물과 정령. 이 멤버로 떠나는 대이동이다.

시간은 걸리겠지만, 부디 안식처를 발견하기를 바란다.

신녀로 짐작되는 레룬다와 함께 있으면 평온과는 거리가 멀어질지도 모른다. 하지만 나는 앞으로도 신녀에 관해 기록해 나가고 싶다.

7 소녀와 아홉 살 생일

우리는 남쪽으로 가게 되었다. 남쪽에는 무엇이 있을까. 남쪽으로 가면 뭔가가 바뀔까?

앞으로 어떻게 될지 모르겠지만, 모두가 있으니까 괜찮다. 모두가 나를 받아들여 준 것이 숨길 수 없을 만큼 기뻤다. 앞으로 다 같이 안심하고 살 곳을 만들어 나간다는 설렘이 불안보다 더 컸다.

우리는 엘프 마을에서 짐을 챙겨 남쪽으로 출발했다.

이번에는 요전번 이동처럼 도망치는 것이 아니었다.

그렇기에 서두를 필요는 없었다. 우리의 페이스로, 우리가 살고 싶은 곳을 찾는다.

"살고 싶은 곳, 빨리 찾게 되면…… 좋겠다."

"네, 그러게요."

내 중얼거림에 란 씨가 생글생글 웃으며 대답해 줬다.

나와 가이아스의 꿈이 모두의 꿈이 되어, 그것을 함께 이루려 하고 있었다.

그 꿈을 이루기 위한 첫걸음이 남쪽으로 가는 것이다. 그렇게 생각하니 아토스 씨가 살해당해서 사랑하는 마을을 떠났을 때와는 전혀 다른 기분이었다.

우리는 남쪽으로 조금씩 걸어갔다.

나는 내가 신녀일지도 모른다는 사실을 털어놓은 뒤로 마음이 편해졌다. 마음의 짐을 덜고 나니 너무나 기뻐서 최근에는 툭하면 웃음이 났다.

조금씩 남쪽으로 나아간 우리는 강과 맞닥뜨렸다.

이곳은 사람의 손길이 닿지 않았는지, 강을 넘기 위한 다리는 없었다. 강폭도 꽤 넓고 수심도 제법 깊었다.

그리폰과 시포가 조금씩 모두를 반대편으로 옮겨 줬다. 플레네도 바람 마법을 써서 도와줬다. 하지만 플레네의 마법은 살짝 불안정해서, 플레네가 옮기는 사람은 조금 불안한 표정을 짓고 있었다.

그런데 플레네와 계약했고, 바람 정령과 상성이 좋다고 하는 걸 보면 나도 날 수 있는 걸까. 날 수 있다면 좀 더 다양한 일을 할 수 있을 것이다. 날고 싶다. 플레네에게 조언을 구하고 바람 마법을 더 잘 쓸 수 있도록 노력해 보자.

모두 강을 건너고 그 자리에서 잠시 쉬었다.

그리폰과 시포, 플레네도 푹 쉬었다. 플레네는 정령이라서 사람처럼 쉴 필요는 없다고 했지만 나와 함께 쉬었다.

그리고 보니 다른 사람에게도 플레네의 모습이 보이고 목소리가 들리는 것은 내 마력의 영향도 있다고 플레네가 말했었다. 그리고 플레네도 그렇게 되도록 마력을 쓰는 듯했다. 신경 쓰지 않으면 다른 사람에게는 그 모습이 안 보인다고 했다.

"플레네, 바람 마법, 가르쳐 줘."

"응. 가르쳐 줄게."

플레네는 내 말에 그렇게 대답해 줬다.

"나, 다른 마법도 쓸 수 있어?"

"아마도. 바람이 가장 상성이 좋은 것 같지만, 다른 것도 쓸 수 있을 거야. 레룬다는 정령과 정말로 상성이 좋거든."

"……그렇구나. 기뻐. 그럼 다른 정령과도 친해질 수 있을까?"

"레룬다가 바란다면 가능할 거야."

정령과 상성이 좋은 것은 솔직히 기뻤다. 여러 정령과 친해지면 좋겠다. 친해져서 같이 살 수 있다면── 그만큼 나도 즐겁고 기쁠 테니까.

"응. 그리고, 정령에 관해서도 잔뜩 가르쳐 줘."

"응."

플레네와 함께 드러누워 이야기했다. 주위에는 그리폰과 시포도 있었다.

"히히힝~(기분 좋아)."

"그르그륵(날씨도 좋아)."

이렇게 푸른 하늘을 올려다보며 느긋하게 시간을 보내니 즐거웠다. 햇볕이 기분 좋았다.

나는 그대로 잠들고 말았다.

깨어나니 다들 모여서 이야기하고 있었다. 무슨 이야기를

하는 걸까 생각하며 다가갔다.

그러자.

"생일 축하해, 레룬다."

라는 말을 들었다.

아, 그랬지. 내 생일. 그 시기가 됐다는 것을 까맣게 잊고 있었다.

그런가……. 내게 있어 처음으로 즐거운 생일이 됐던 날로부터 벌써 1년이나 지났다. 아토스 씨가 죽고, 다 같이 도망치고, 엘프들과 만나고, 마물과 싸웠다.

그렇게 분주한 나날을 보내느라 오늘이 며칠인지 생각도 못했다. 하지만 그런 와중에도 다들 내 생일을 기억하고 축하해 줬다.

그게 기뻤다.

마음이 또 따뜻해졌다.

"이동 중이라서 저번처럼은 못 하지만, 그래도 축하해요."

란 씨가 따뜻한 눈으로 바라보며 웃어 줬다.

이번에는 나뿐만 아니라, 마물 퇴치 등으로 어수선해서 기념하지 못한 다른 사람들의 생일도 같이 축하했다.

"축하해."

"축하해!!"

축하한다는 목소리가 주위에서 잔뜩 울렸다.

나도 모두에게 축하한다고 말했다. "축하해." 하고 말하자 웃어 줬다. 모두가 웃어 주어서 나는 기뻤다.

여행 중이라서 저번만큼 성대하게는 축하하지 못했다. 식사는 이동 중인 걸 감안하면 호화로웠지만, 그렇게까지 화려한 것은 없었다.

그래도 이렇게 즐겁게 축하할 수 있다. 지금은 거처가 없지만, 그래도 나는 행복했다. 모두가 있으니까. 모두가 없었다면 이런 행복은 느끼지 못했을 것이다.

"레룬다, 축하해."

"고마워, 가이아스. 가이아스도, 축하해."

정신없이 지내는 동안 가이아스의 생일도 지나가 버렸다.

가이아스는 숲에서 나는 재료로 머리 장식을 만들어 내게 줬다. 나는 내 생일도 까먹고 있었기에 생일 선물을 생각할 겨를도 없었다. 그래서 가이아스에게 줄 선물을 준비하지 못했다.

"미안해, 가이아스. 나, 선물 준비 못 했어."

"신경 안 써도 돼. 마물과의 전투도 있었고, 이것저것 바빴으니까."

그렇긴 하지만, 그건 가이아스도 마찬가지였다. 가이아스의 이런 점은 정말로 대단했다. 이렇게 세세한 것까지 신경 써 주는 점이 좋다고도 생각했다.

"가이아스, 나중에라도, 뭔가 줄게."

"신경 안 써도 되는데. 뭐, 준다면 받겠지만."

가이아스가 그렇게 말하고 웃어 줬기에 나중에 뭔가 선물하자고 다짐했다.

"레룬다도 아홉 살인가."

"축하해."

니르시 씨, 그리고 같은 고양이 수인인 구자 씨가 내게 다가 왔다.

웃어 주는 것이 기뻤다. 축하한다는 말이 오가는 이 시간이 기뻤다. 안락하고 따뜻한 기분이 점점 퍼져 나갔다.

작년에 정말 좋다고, 행복하다고 생각했던 생일이 더더욱 좋아졌다. 생일은 줄곧 언니를 위한 날이라고 생각했었지만, 아니었다. 모두가 나를 축하해 주는 행복한 날인 것이다.

"레룬다, 기쁜가요?"

"응……!"

"다행이에요."

란 씨는 그렇게 말하고 내 머리를 쓰다듬어 줬다.

"그륵그르르으으으~♪"

"그륵그륵."

"그륵그르르르르르르르으~♪"

그리폰들이 내게 또 노래를 불러 줬다. 엘프에게 새 노래를 배웠는지 내가 모르는 것도 있었다. 나도 이 노래를 배우고 싶다.

"고마워!"

노래를 끝낸 유잉을 꽉 껴안았다.

"그르그륵!(천만에!)"

껴안고 쓰다듬자 유잉은 기분 좋은 듯 눈을 감았다. 귀여워서 쓰다듬는 손이 빨라졌다. 그러고 있으니 다른 아이들도 쓰다듬어 달라며 다가와서 나는 복슬복슬한 털에 감싸여 행복을 만끽했다.

"히히힝~(축하해)."

시포도 내게 축하한다고 말하며, 숲에서 찾은 듯한 빨간 열매를 여러 개 줬다. 좋아한다는 의미로 시포도 꼭 껴안았다. 이렇게 껴안으니 따뜻한 기분이 퍼져 나갔다.

그리폰과 시포를 껴안고 있자 플레네도 다가왔다.

"레룬다는 많은 이에게 사랑받고 있구나. 나도 계약자가 사랑받아서 기뻐."

플레네가 미소 지으며 기뻐해 줘서 나도 좋았지만, 동시에 조금 부끄러웠다. 다들 나를 좋아한다고 실감하자 자연스럽게 웃음이 났다.

내게 많은 것을 주는 모두에게 나는 무엇을 돌려줄 수 있을까. 모두가 나에게 행복을 주는 것처럼, 나도 그럴 수 있다면 좋겠다.

요즘에는 이주지를 찾느라 바쁘고, 하고 싶은 일도 많다. 그래서 이렇게 행복한 생일에도 미래를 생각하면 조금 불안했다.

앞으로 어떻게 될까. 그런 불안이 내 마음 속에 있었다.

그런 내 마음을 눈치챈 걸까.

"——오늘은 맘껏 즐겨도 돼. 저기 어머니가 부르시니 가 봐."

오샤시오 씨가 머리를 툭툭 두드리며 가리킨 곳을 보니, 할머님이 이리 오라고 손짓하고 있었다.

"할머님."

"레룬다, 키가 조금 컸구나."

할머님은 나를 보고 그렇게 말하며 웃었다.

확실히 수인 마을에 처음 왔을 때와 비교하면 내 키는 조금씩 크고 있었다.

"응, 컸어."

"레룬다에게 줄 옷을 만들었단다. 입어 보렴."

할머님은 내 옷을 만들어 준 모양이었다. 내가 늘 입는 것과 비슷한 원피스로, 모양과 장식이 귀여워서 바로 입어 봤다.

움직이기 편했고, 무엇보다 할머님이 나를 위해 만들어 줬다고 생각하니 무척 기뻤다. 누군가가 날 위해 뭔가를 해 주면 기쁘다. 그러니 나도 누군가에게 뭔가를 주는 사람이 되고 싶다.

쾌활하게 웃는 할머님은 내 우상이다. 나도 장래에 이런 할머니가 되고 싶다.

엘프도 나를 축하해 줬다. 곰곰이 생각해 보니 다 같이 사이좋게 웃을 수 있다는 사실이 기적 같았다.

나와 란 씨는 인간이고, 가이아스와 동구 씨는 늑대 수인, 니르시 씨는 고양이 수인, 시레바 씨는 엘프다. 이토록 다른 종족이 함께 웃으며 같은 목표를 가지고 있다니 대단했다.

그 사실이 제일 멋지고 기뻤으며, 가장 좋은 생일 선물이라고 생각했다.

나는 어쩌면 신녀일지도 모른다.

나는 어쩌면 특별한 힘을 가졌는지도 모른다.

그 생각에 점점 강해지고 있다.

다른 사람에게는 없는 특별한 힘이 내게 있을 것이다.

그것이 신녀의 힘인지 아닌지는 둘째치더라도.

나는 모두를 사랑하니까 힘이 있다면 모두를 위해 쓰고 싶다고 막연히 생각만 했었다. 그 힘을 자발적으로 갈고닦으려고 하지는 않았다.

만약 내가 좀 더 힘을 길렀다면 누군가를 잃는 일은 없었을 것이다. 이미 지나간 일을 떠올려 봤자 별수 없지만 그렇게 생각하고 말았다.

과거는 바꿀 수 없지만 미래는 바꿀 수 있다.

그러니 내게 특별한 힘이 있다면 그걸 연마해 나가고 싶다. 그리고 지키고 싶은 것을 계속 지켜 나가고 싶다.

그렇게 생각했다.

종장

따스한 햇볕이 내리쬐는 가운데, 한 소녀가 계약수와 정령, 수인, 엘프에게 둘러싸여 걷고 있었다.

계약수인 그리폰과 스카이호스, 그리고 새로 계약을 맺은 바람의 정령.

이렇게 많은 마물, 정령과 계약한 것만으로도 놀라운 일이다.

게다가 소녀는 수인뿐만 아니라 엘프와도 함께 있었다.

신체 능력이 뛰어나고 짐승의 귀와 꼬리를 지닌 수인.

마법이 특기로 뾰족한 귀를 가진 엘프.

둘 다 인간에게 박해받는 종족이다. 그뿐만 아니라 엘프는 특히나 배타적인 종족이었다.

그런 두 종족이 인간과 함께 있는 것은 놀라운 일이었다.

살던 곳에서 쫓겨난 그들은 함께 새로운 땅을 찾아 걸었다.

그 집단 속에 있는 인간은 소녀와 어른 여성, 두 명뿐이었다.

특별한 힘을 가진 소녀와 그런 소녀를 연구 중인 여성.

두 사람은 이 집단 속에서 이질적이었다. 하지만 수인과 엘프는 둘을 확실하게 신뢰했다.

부모에게 버려져 수인과 만났다가, 수인 마을에서도 쫓겨나

이번에는 엘프와 만났다. 그리고 마물을 퇴치하고, 안주할 곳을 찾아 여행을 계속했다.

——보통은 경험하지 못할 일을 연이어 겪는 소녀가 앞으로 어떤 길을 걸을지는 아무도 모른다.

그저 하늘만이 소녀를 언제나 지켜보고 있었다.

단편 외전

이동 중의 한때

아토스 씨가 죽은 후, 우리는 새로 살 곳을 찾아 숲속을 헤맸다. 명확한 목적지는 없지만, 나는 가이아스와 함께 맹세한 '모두가 안심하고 살 곳을 만들겠다' 라는 목표를 이루고 싶었다.

한 치 앞도 모르는 상황에 다들 불안해했다. 그렇지만 전진해야 한다는 긍정적인 마음으로 힘내고 있었다.

그러던 어느 날, 야영지를 만들고 다 같이 한숨 돌렸다.

그리폰과 시포에게 주위를 경계해 달라고 하고 주저앉았다. 주변을 둘러보니 다른 아이들은 다 있는데 가이아스만 보이지 않았다.

어디 있나 싶어서 이리저리 둘러보았다.

그랬는데 새끼 그리폰인 레마와 루마가 즐거워하는 모습이 보였다. 신경 쓰여서 옆으로 다가갔다.

"무슨 일 있어……?"

"그륵그륵그륵(쉿, 가이아스가 자고 있어)."

"그륵그륵그륵그르르르르(피곤했는지 푹 잠들었어)."

그 작은 목소리에 나는 레마와 루마의 시선을 좇았다.

시선 끝에는 곤히 잠든 가이아스가 있었다.

가이아스는 나와 함께 맹세했고, 약한 소리도 안 하고, 힘들다는 불평 한마디 없이 걸어왔다. 다른 아이들처럼 다리가 아프다고 칭얼대거나, 앞으로 어떻게 되는 거냐며 울지 않았다.

나무에 기대어 자는 가이아스는 무슨 꿈을 꾸는지 기분 좋아

보였다.
귀가 쫑긋쫑긋 움직였다. 때때로 꼬리도 움직였다.
가이아스의 갈색 귀와 꼬리는 역시 매력적이었다. 처음 가이아스와 만났을 때, 나는 가이아스의 귀와 꼬리를 실컷 만졌었다. 복슬복슬하고 푹신푹신해서 정말 기분이 좋았다.
그리폰이나 시포의 털과는 또 다른 느낌이라 실컷 만지고 만족했었다.
——지금도 살짝 만지고 싶다는 마음이 들었다.
그리폰과 계약하기 전에는 내가 이렇게 복슬복슬한 촉감을 좋아하는지 몰랐다. 그리폰이나 시포를 만지는 것도 좋지만, 수인들도 만지고 싶었다.
다만 시포가 '짝만 만질 수 있다' 고 알려 준 뒤로는, 만지면 안 된다는 걸 알아서 그러지 않았다.
하지만 실컷 만지며 만끽한 적이 있는지라, 또 그러고 싶다는 생각이 들기도 했다.
무방비하게 드러난 귀와 꼬리.
살짝 만지는 정도면 괜찮을 거라는 악마의 속삭임이 들렸다. 하지만 역시 짝만 만질 수 있으니까 안 된다는 천사의 속삭임도 들렸다.
"그륵그르르(만지면 안 돼)."
"그륵그르르르르르?(대신 나를 만질래?)"
레마와 루마가 그렇게 말하는 게 들렸다. 분명 처음 만졌을 때처럼 기분 좋을 거라는 생각이 들었지만 나는 고개를 좌우로 흔들었다.

짝만 만질 수 있는 부위니까! 그렇게 자신을 타이르면서.

귀나 꼬리는 안 돼도 머리를 쓰다듬는 것 정도는 괜찮겠지? 가이아스는 아빠를 잃고, 줄곧 살았던 마을을 떠나야 했지만 —— 그래도 변함없이 노력하니까.

"가이아스, 노력가야."

나는 그렇게 말하며 가이아스의 머리를 쓰다듬었다.

귀를 만지지 않게 조심하며 쓰다듬었다. 머리카락이 매끄러웠다. 귀랑 꼬리도 만지고 싶었지만, 머리카락도 부드러워서 촉감이 좋았다.

나와 같이 길을 가다 발견한 냇가에서 머리를 감을 텐데, 가이아스의 머리칼은 나보다 부드러운 것 같았다.

왠지 기분 좋아서 계속 쓰다듬고 말았다.

"그륵그륵그르르? (머리라면 괜찮으려나?)"

"그륵그륵(귀랑 꼬리가 아니니까 괜찮아)."

레마와 루마가 그렇게 말해서 안도했다.

"——으음."

깨지 않게 살살 쓰다듬었다고 생각했는데, 가이아스가 눈을 떴다.

"——레룬다? 뭐 해?"

잠이 덜 깬 모습으로 가이아스가 입을 열었다.

"가이아스의 머리, 쓰다듬고 있었어. 귀는 참았어."

"……그랬구나."

귀를 만지고 싶다는 것과 다름없는 말에 가이아스는 뭐라 말할 수 없는 표정을 지었다.

"가이아스, 머리카락, 부드러워. 나중에 또, 쓰다듬어도 돼?"

"어? 왜?"

"귀랑 꼬리, 짝만 만질 수 있어. 하지만 머리 쓰다듬는 건, 누구든 괜찮잖아?"

"……아니, 아니, 그렇긴 한데. 나보다 어린 여자애가 머리를 쓰다듬는 건, 뭔가 부끄러워서 싫어."

"어?"

귀와 꼬리는 못 만져도 머리를 쓰다듬으면 복슬복슬한 감촉을 만끽할 수 있을 줄 알았는데.

"……그런 얼굴 하지 마. 가끔 쓰다듬는 건 괜찮으니까."

"정말?!"

"자, 자주는 안 돼."

"응, 알았어. 지금은 쓰다듬어도 돼?"

"……아까까지 쓰다듬고 있었잖아. 다음에 해."

"응, 그럼 다음에!"

머리를 쓰다듬을 수 있어서 기뻐하자 가이아스는 어이없다는 눈길을 보냈고, 레마와 루마는 "그륵그륵그륵(만져 줘, 만져 줘)." 하고 자신들도 만져 달라고 했다.

어디로 가게 될지는 모르지만, 역시 모두가 있으니 즐거울 수밖에 없다는 생각이 들었다.

◆

'정말이지, 레룬다는…….' 하고 나, 가이아스는 생각했다. 초면에 내 귀와 꼬리를 마구 만졌던 레룬다는 이번엔 머리를 쓰다듬는 것에—— 아니, 머리카락을 만지는 것에 꽂힌 듯했다.

짝만 만질 수 있는 귀나 꼬리와 달리 머리를 쓰다듬는 것 정도라면 문제없었다.

……다만, 뭐랄까, 레룬다는 쓰다듬는 게 매우 능숙하단 말이지. 평소 그리폰과 스카이호스를 만져 주기 때문인지도 모른다. 솔직히 나보다 어린 여자애가 쓰다듬어 준다고 기분 좋아지는 것도 창피하고, 오히려 기분이 좋아지니까 그만 쓰다듬었으면 하는 마음도 있었다.

"그르그그르르르르?"

"그륵그르르르르륵."

그리폰인 레마와 루마가 내 주위에서 뭐라고 말했다. 무슨 말인지 대충은 짐작이 가지만, 정확히는 알 수 없었다. 아마 '기분 좋은데 왜 만져 달라고 안 해?' 라는 식으로 말했을 것이다.

레룬다는 시포와 함께 저쪽으로 가 버려서 이곳에 없지만, 레마와 루마는 어째선지 내 옆에 남았다. 레마와 루마는 우리가 신으로 숭배하는 그리폰이지만, 이렇게 동료로 옆에 있기도 해서 이제 그냥 편하게 부르고 있었다.

"확실히 기분은 좋지만, 창피하단 말이야……."

"그륵그륵?"

"그륵?"

'왜 창피해?' 하는 느낌으로 레마와 루마가 주위에서 얼쩡거렸다.

둘은 그저 레룬다의 손길이 기분 좋을 뿐, 부끄럽다는 감정은 조금도 없을 것이다.

아빠가 죽고 나서 마을을 뛰쳐나갔을 때도 레룬다가 나를 지켜 줬다. 평범하지 않은 힘을 가졌다고 해도 레룬다는 나보다 어린 여자애인데.

그런 생각이 들어서 나도 노력해 나가려고 한다.

나는 지금 나고 자란 마을을 떠나 정처 없이 방랑 중이었다. 아빠가 돌아가신 것은 슬프고, 너무나 부조리한 일이라고 느낀다. 하지만 그런 상황 속에서도 우리가 조금이나마 웃을 수 있는 것은 레룬다와 그리폰, 스카이호스가 있기 때문이었다.

그리폰과 스카이호스가 주위를 경계해 주어서 안전하게 이동할 수 있었다. 동구 씨가 보통은 이렇게까지 안전하게 이동할 수 없다고 말했다.

그리폰과 스카이호스는 레룬다와 계약했기에 함께 있다. 그걸 생각하면 고맙다는 뜻으로 머리 정도는 만지게 해 줘도 되겠지만…… 역시 창피한 건 어쩔 수 없다.

레룬다가 너무 시무룩해져서 가끔은 만져도 된다고 말해 버렸지만 말이다. 애초에 레룬다는 나를 너무 만지고 싶어 한다.

항상 귀와 꼬리를 만지고 싶다는 얼굴로 빤히 바라보고, 안 된다고 하거나 모르는 척하면 조금 시무룩해진다. ……내가 너무 매정한 짓을 했나 싶은 생각이 들 정도다. 하지만 귀와 꼬리는 수인에게 중요한 부위이니 간단히 만지게 해선 안 된다.

"그륵그륵그르르?"

"그륵그르르르르르르르?"

고개를 좌우로 휘휘 흔들자 레마와 루마가 이상하다는 듯 주위를 얼쩡거렸다. 그런 두 마리에게 신경 쓰지 말라고 했다.

그러고 있으니 동구 씨가 불러서 나는 그쪽으로 향했다.

후기

안녕하세요, 이케나카 오리나입니다. '쌍둥이 언니가 신녀로 거둬지고, 나는 버림받았지만 아마도 내가 신녀다.' 2권을 구매해 주셔서 감사합니다. 1권을 구매해 주신 독자님 덕분에 무사히 2권도 간행되었습니다.

1권에 이어 2권도 인터넷에 투고한 글을 가필 수정했습니다. 인터넷 연재판과 줄거리는 똑같지만, 개고를 했기에 이미 연재판을 읽은 분도 즐기실 수 있으리라 생각합니다.

이번에는 1권에서의 포근한 생활이 변해 가는 내용입니다. 레룬다가 '신녀의 힘이란 무엇인가?', '신녀는 정말로 그저 행복하기만 한 존재인가?' 라는 문제와 마주하게 됩니다.

신녀의 힘은 1권에서 란드노와 신관 일룸이 많이 이야기했지만, 그건 어디까지나 문헌에 남아 있는 서술과 역사로 전해 내려오는 이야기일 뿐입니다. 란드노는 레룬다 곁에 있으면서 신녀란 어떤 존재인지 기록하지만, 실제 힘에 관해서는 모르는 부분이 많습니다. 그런 가운데 아토스 사건이 일어나며, 레룬다는 신녀라는 것과 마주해 나가게 됩니다.

1권에서 레룬다는 사랑받는다는 것과 가족의 온기를 알았습니다. 사랑을 못 받으며 자란 아이가, 누군가에게 소중히 여겨지는 행복과 기쁨을 알고, 신녀든 뭐든 간에 힘이 있다면, 그 힘을 모두를 위해 쓰고 싶다는 생각을 하게 되었습니다.

2권에서는 행복을 느끼던 레룬다가 현실과 직면합니다. 아토스의 죽음이라는 괴로운 일이 일어나지만 힘내자고 다짐합니다. 굳이 따지자면 1권에서는 수동적으로 배우며, 무언가를 받기만 했던 레룬다가 2권에서는 자신이 가진 힘을 갈고닦겠다고 결심합니다. 그리고 가이아스와 함께 큰 꿈을 품습니다.

거기에 엘프와 만나고 마물과 싸우며, 정령과 계약하는 등 처음 있는 일을 많이 경험합니다. 마물의 제물이 되는 일을 피하고 플레네와 계약한 것은 레룬다가 스스로 행동해서 손에 넣은 미래이지요.

이야기가 시작했을 무렵에는 그저 하루하루 살아갈 뿐이었던 레룬다가, 이제는 자신의 의지로 행동하고 미래를 쟁취하려 합니다. 이렇게 레룬다가 성장해 나가는 모습을 보시고, 독자님께서 뭔가 느끼신 바가 있다면 기쁘겠습니다.

또 2권에서는 페어리트로프 왕국 왕녀인 니나에프와 미가 왕국 왕자인 힉드의 시점 이야기가 막간으로 들어갑니다. 앨리스에게 간언을 올리고 변방으로 쫓겨난 왕녀. 부왕의 명령을 거역하지 못하고 그저 따르는 왕자. 왕위 계승권이 낮은 두 사람의 만남은 신녀 이야기로 이어집니다. 페어리트로프 왕국과 미가 왕국이 어떻게 될지도 기대해 주세요.

이 책을 구매해 주신 독자님의 마음에 감동을 드렸다면 기쁘겠습니다.

그리고 이미 아시는 분도 계시겠지만, 본작의 만화화가 시작되었습니다. 제 글이 만화가 되는 건 처음이라서 무척 기쁩니다. 모두 여러분이 응원해 주신 덕분입니다. 만화도 읽어 주시면 기쁘겠습니다.

마지막으로, 이야기를 이렇게 책이라는 형태로 세상에 내놓기까지 도와주신 모든 분께 감사드립니다. 인터넷 연재판을 읽어 주신 독자 여러분, 정말로 늘 고맙습니다. 본작을 서적화 하면서 신세 진 담당자님, 일러스트라는 형태로 등장인물에게 모습을 부여해 주신 컷 님, 출판에 이르기까지 협력해 주신 모든 분께 그저 감사드릴 따름입니다.

이 책을 구입해 주신 여러분께도 정말 감사드립니다. 앞으로도 여러분이 읽고 느끼시는 바가 있는 이야기를 계속 써 나가도록 노력하겠습니다.

이케나카 오리나

살랑
살랑
움찔
움찔
꼼지락
꼼지락
꼼지락
꼼지락
!
도리
도리
휴
??

쌍둥이 언니가 신녀로 거둬지고, 나는 버림받았지만 아마도 내가 신녀다 2

2022년 05월 20일 제1판 인쇄
2022년 05월 25일 제1판 발행

지음 이케나카 오리나
일러스트 컷
옮김 송재희

발행 영상출판미디어(주)
등록번호 제 2002-000003호
주소 21315 인천광역시 부평구 부평대로 283 A동 702호
전화 032-505-2973(代) | FAX 032-505-2982

ISBN 979-11-380-1301-7
ISBN 979-11-380-0838-9 (세트)

FUTAGO NO ANE GA MIKO TOSHITE HIKITORARETE, WATASHI WA SUTERARETA KEDO
TABUN WATASHI GA MIKO DEARU. Vol.2